# 私の夢まで、会いに来てくれた

## 3・11 亡き人とのそれから

東北学院大学 震災の記録プロジェクト
金菱 清（ゼミナール）編



朝日文庫

本書は二〇一八年二月、小社より刊行されたものです。なお
本書中の地名は特別に記載がない限り宮城県になります。
また、学校や施設には現存しないものも含まれています。

# 目次

（資料）宮城県全域・拡大地図　9

はじめに　金菱ゼミナール　関　明日香　14

一章　夢を抱き、今を生きる

やっと触れた懐かしい母のほお　18
語り手　畠山あけみさん／聞き手　阿部あかり

あのとき「行くな」と言えていたら　26
語り手　高橋雄介さん（仮名）／聞き手　坂口歩夢

神様がちょっとだけ時間をくれた　33
語り手　鈴木由美子さん／聞き手　井出真奈美

押し寄せる真っ黒な波の幕　39
語り手　山田真理さん／聞き手　本田賢太、伊藤日奈子、齊藤香菜子

ブルーシートの下から手が伸びて来る　49
語り手　佐藤昌良さん／聞き手　斎京悟郎
聞こえてくる食器を洗う音　56
語り手　髙橋匡美さん／聞き手　金菱　清
瀕死の母が生き返ってくれた　62
語り手　伊藤健人さん／聞き手　井出真奈美
俺がこの世にいないなんて冗談だよ　69
語り手　青木恭子さん／聞き手　林　真希
暗闇に響く「助けて」の声　77
語り手　菊地康宏さん／聞き手　佐々木大樹
柔らかく温かい妻のキスに励まされて　87
語り手　阿部　聡さん／聞き手　板橋乃里佳
死んでいく弟、自分を起こす弟　95
語り手　佐藤修平さん（仮名）／聞き手　阿部穂乃香

## 二章　小さな魂たち


私たちを忘れないで　104
語り手　只野哲也さん／聞き手　會川　樹

優からはみんなが見えているよ　111
語り手　田沼明子さん（仮名）／聞き手　阿部あかり

夢も現実も妹がいつもそばに　118
語り手　紫桃朋佳さん／聞き手　坂口歩夢

娘の死への疑問を解く鍵に　123
語り手　佐藤美香さん／聞き手　関　明日香

トンネルを抜けた光の先に　130
語り手　小高正美さん・政之さん／聞き手　片岡大也

見覚えはなくても息子を感じる　141
語り手　寺澤武幸さん／聞き手　野尻航平

三章　夢と現実の境界

「かあちゃん」と呼ぶ声が愛おしい　148
語り手　佐藤きみ子さん・宗男さん、久保友美さん／聞き手　林 真希

夢が教えてくれた新天地　156
語り手　川崎優子さん（仮名）／聞き手　板橋乃里佳

泥だらけの姿で「ありがとな」　164
語り手　西岡 翼さん／聞き手　本田賢太、伊藤日奈子、齊藤香菜子

聖也、叱ってばかりでごめん　168
語り手　小原武久さん／聞き手　金菱 清、阿部穂乃香

お母さんとヨシ君を助けたい　176
語り手　佐藤志保さん／聞き手　金菱 清

家族の絆は生死を超えて　184
語り手　村田元子さん、志賀としえさん／聞き手　會川 樹

そろそろ上に行かなきゃ、ばいばい　191
語り手　中澤利江さん／聞き手　赤間永望
お父さんが長い長い階段を上って行く　197
語り手　小野寺敬子さん／聞き手　會川　樹
これ以上、ベルを苦しめないで　205
語り手　吉田香織さん（仮名）／聞き手　野尻航平
最愛の妻と娘は魂の姿に　212
語り手　亀井　繁さん／聞き手　赤間永望
四章　夢を思考する
孤立〝夢〟援
―なぜ震災後、亡き人と夢で邂逅するのか　金菱　清　222

学生たちの原稿に見た未来への光　角田奈穂子　243
あとがき　金菱清　247
文庫版　追補　金菱清　250
解説　島薗進　253

構成　角田奈穂子

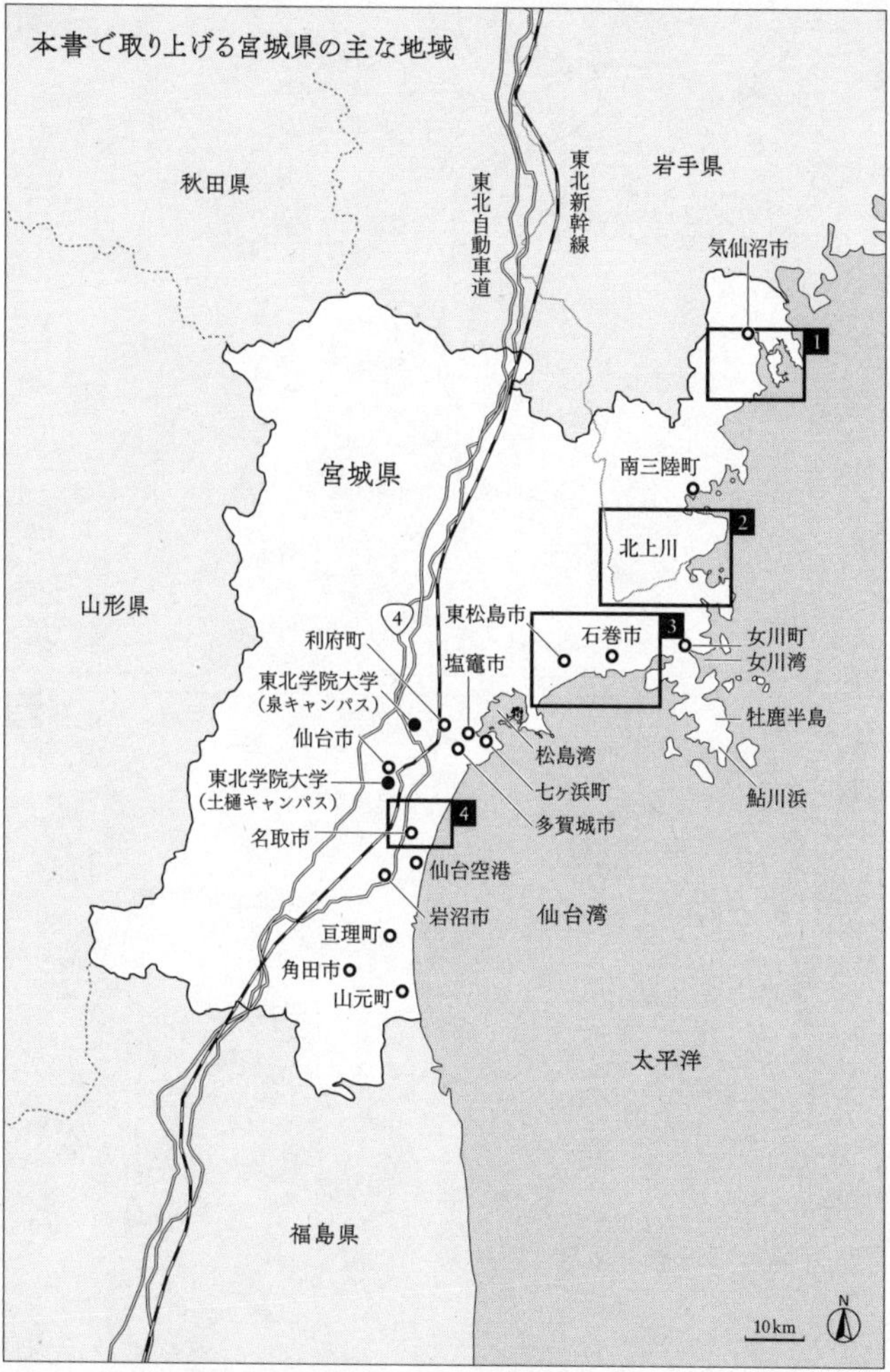
本書で取り上げる宮城県の主な地域
秋田県
岩手県
東北自動車道
東北新幹線
気仙沼市
1
宮城県
南三陸町
2
北上川
山形県
4
東松島市
石巻市
3
女川町
女川湾
利府町
塩竈市
東北学院大学
（泉キャンパス）
牡鹿半島
仙台市
松島湾
東北学院大学
（土樋キャンパス）
七ヶ浜町
鮎川浜
4
多賀城市
名取市
仙台空港
岩沼市
仙台湾
亘理町
角田市
山元町
太平洋
福島県
10km
N

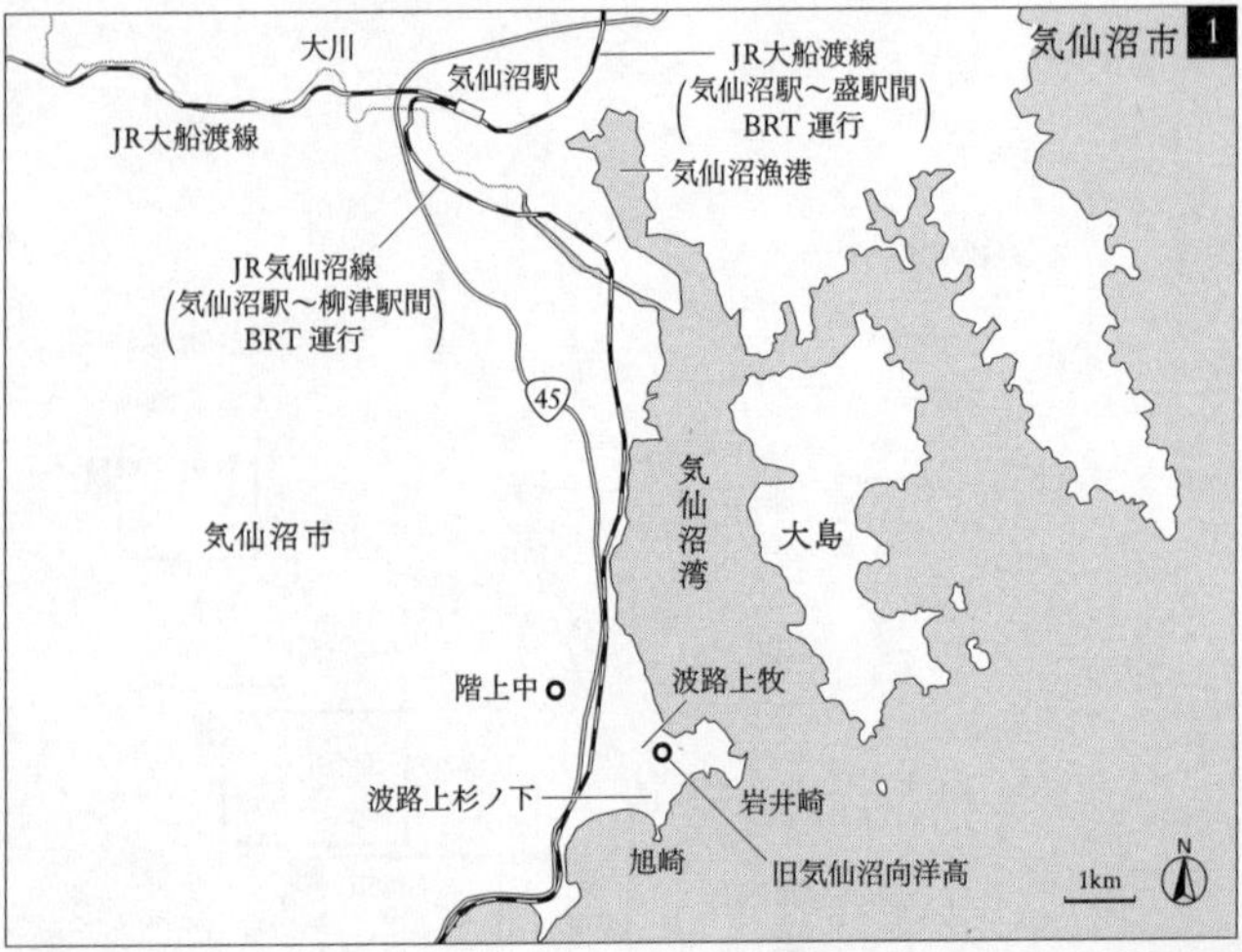
気仙沼市 1
大川
気仙沼駅
JR大船渡線
(気仙沼駅〜盛駅間
BRT 運行)
JR大船渡線
気仙沼漁港
JR気仙沼線
(気仙沼駅〜柳津駅間
BRT 運行)
45
気仙沼湾
大島
気仙沼市
階上中
波路上牧
波路上杉ノ下
岩井崎
旭崎
旧気仙沼向洋高
N
1km

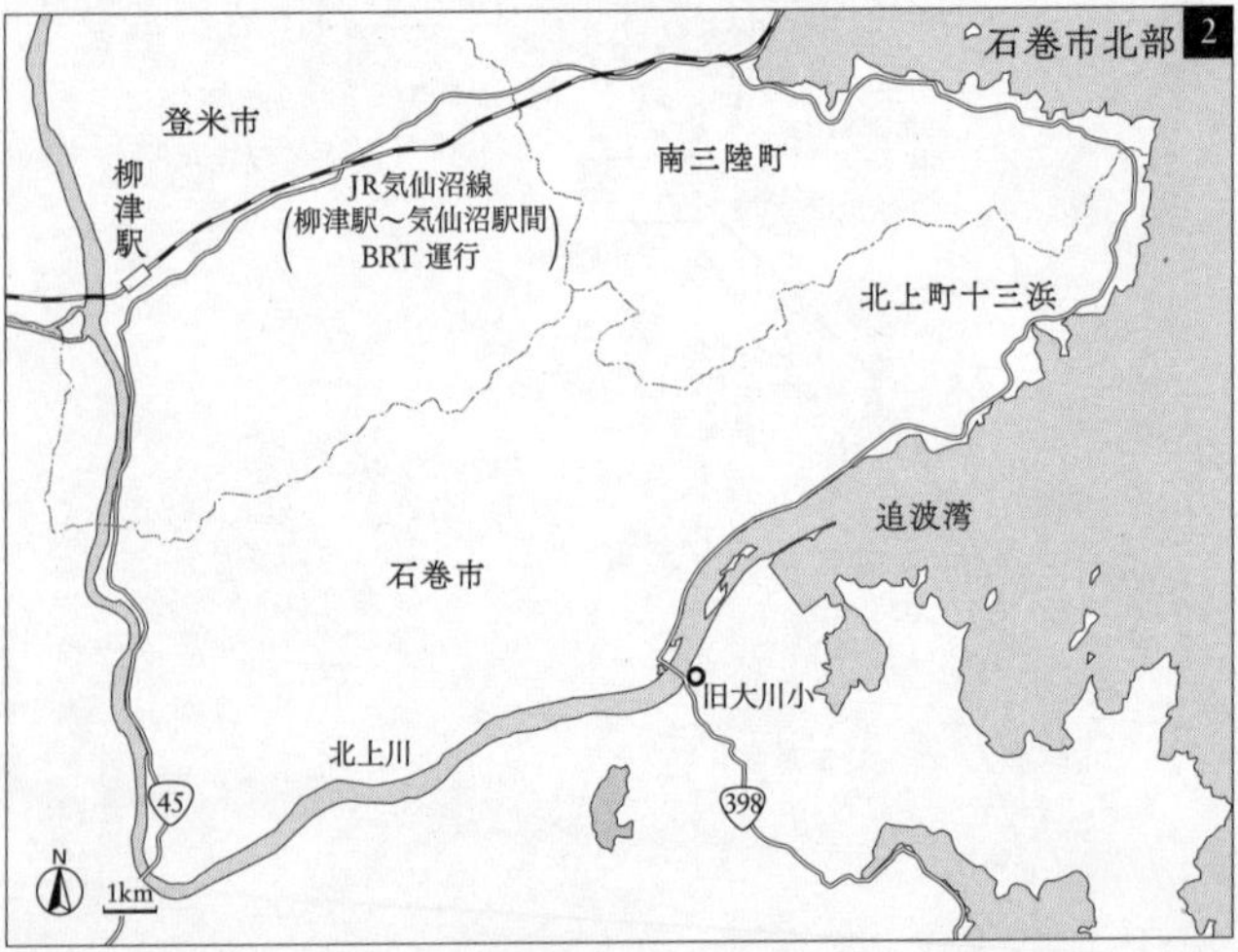
石巻市北部 2
登米市
南三陸町
柳津駅
JR気仙沼線
(柳津駅〜気仙沼駅間
BRT 運行)
北上町十三浜
追波湾
石巻市
旧大川小
北上川
45
398
N
1km

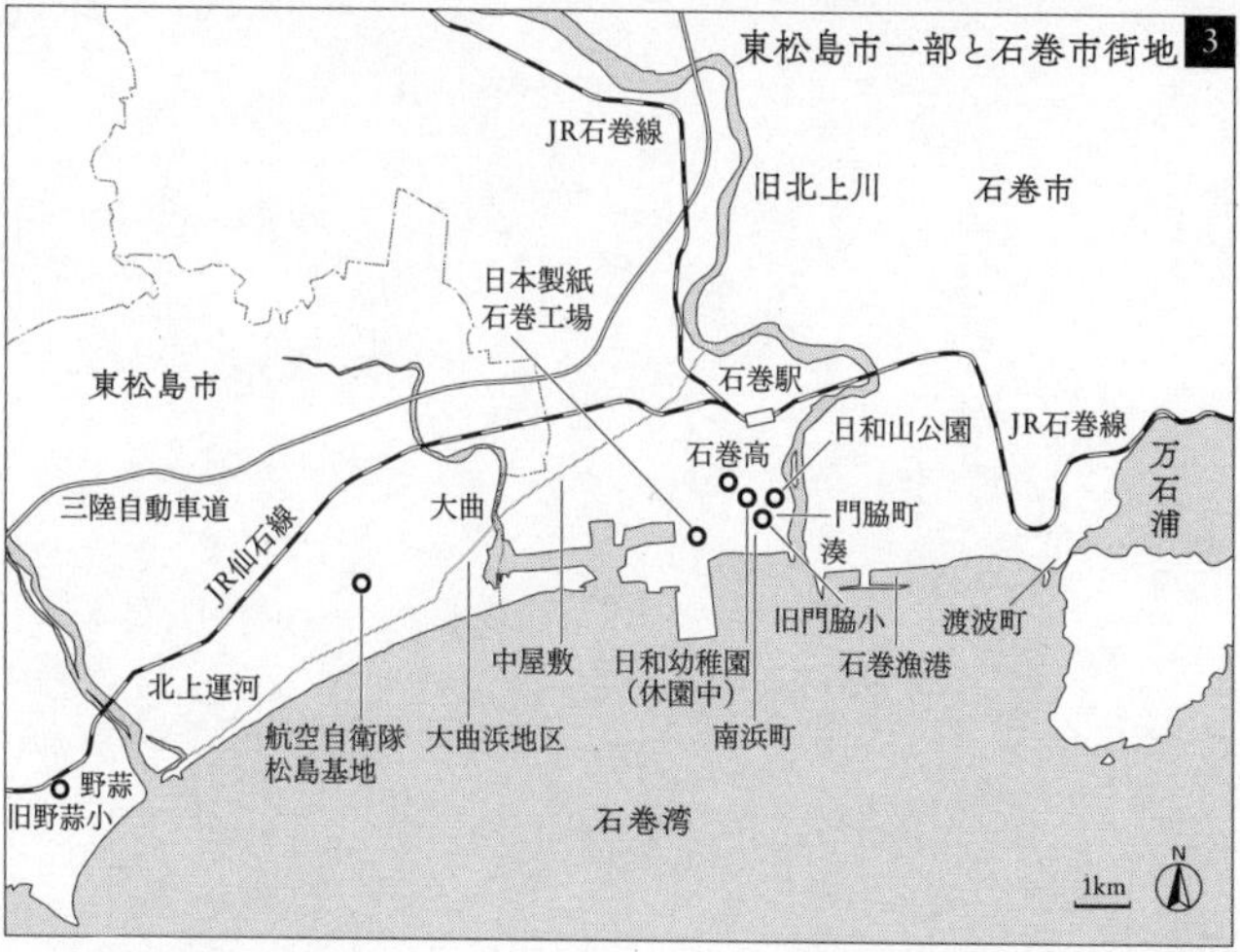

2018年1月現在。作図＝朝日新聞メディアプロダクション

# 私の夢まで、会いに来てくれた

# はじめに

東日本大震災から七年を迎える。私たち金菱清教授のゼミは、震災直後から被災地で調査を続け、さまざまな形で人々の声を集めてきた。本書は、二〇一七年度のゼミ生たちが「被災者遺族が見る亡き人の夢」をテーマに調査をした記録集だ。大震災で大切な人を亡くした遺族は、どのような夢を見て、何を想い過ごしているのだろうか。調査は二〇一六年十一月から男女で二人一組になって始めた。新聞、フェイスブックやツイッター等のSNS、震災関連の本、震災遺族会、テレビ、知人の紹介といったあらゆる情報源にあたりながら、宮城県を中心に岩手、福島まで範囲を広げてお話しいただけそうな被災者の方を探した。候補者が見つかるとゼミの活動を説明し、「震災の話をお聞かせください」と電話やメールで依頼した。

二〇一七年九月までに、各組五人から夢の話を聞くことを目標とした。最終的にそれぞれ四十人以上にあたり、総数は立ち話も含めると百人近くにのぼった。

候補者が見つからない場合は、災害公営住宅に突撃して一軒ごとに回った。断られたりお叱りを受けたり、頑張っても成果につながるとは限らず、二〇一七年一月時点でお話をうかがえたのは、四人。調査は「できない」「辞めたい」の連続だった。

四月を過ぎると、夢の話を聞くことができた組も増えてきた。だが、知識のない自分たちが話を聞いて、何になるのだろう。遺族の方に悲しみを思い出させるだけではないか。疑問や不安は増え続け、答えを出せず悶々《もんもん》としていた。

そんなとき、ある遺族の方の言葉に救われた。いつものように話を終え、「辛いことを聞いてすみません」と謝ると、その方は涙を浮かべ、「この子のことが大好きだったから、話すのは楽しいです。こんなにいい子だったんだよって自慢しているみたいで」とはにかんだ。瞬間、私たちがしていることは無駄ではないとほっとした。

苦しい調査の末に私たちが気づいたのは、最愛の人と突然の別れを余儀なくされ、一瞬で遺族となった人たちにとって、「夢」は亡き人とのリアルな対面方法であるということだ。日常を支えるかけがえのないものでもある。本書を通じて、震災に向き合う遺族の方々が何を想い、どのように今を生きているのかを伝えられたらうれしい。

金菱ゼミナール　関　明日香（東北学院大学三年）

# 一章

# 夢を抱き、今を生きる

# やっと触れた懐かしい母のほお

語り手　畠山あけみさん
聞き手　阿部あかり

誰かの呼ぶ声が聞こえる。自分がどこにいるのか、よくわからないが、明るくきらきらとした場所で、ぽかぽかとした陽気が心地よい。

「あけみ」

その言葉にハッとし、畠山《はたけやま》あけみさん（55歳）はあたりを見回した。ふと前を見ると、母が立っていた。着ているのは、母のお気に入りの服だ。

「何してんの！　どこにいたの？」

あけみさんが叫ぶと、母は笑顔で「生きてたから、生きてたから」と答えた。しかし、どこにいたのかは教えてくれない。そばに立っている叔母もそんな母に「んだから、どごにいだの？」と声をかける。

母はやはり答えず、その代わり、あけみさんの右手を持ち、自分のほおを触《さわ》らせた。

「ほらほら、触れ、触れ」と言いながら。

ほおの柔らかさ、右手をつかんでいる感触は、間違いなく母のものだ。とても温かく、懐かしい。

「もう、どこにいたの」

そう言った瞬間、あけみさんは目が覚めた。

景勝地の岩井崎《いわいさき》に近い気仙沼市波路上牧《けせんぬましはじかみまぎ》に住んでいたあけみさんは、東日本大震災の津波で、一緒に暮らしていた父親の政雄《まさお》さん（当時83歳）と母親のヤツ子さん（当時75歳）を失った。ヤツ子さんは芯が強く、何事にもきちんとした人だった。政雄さんは、元気のいいヤツ子さんがやることをうれしそうに見ているやさしい人だった。

ヤツ子さんは震災から三カ月後、政雄さんは四年後にあけみさんの元へ帰ってきた。

ヤツ子さんの遺体が見つかったと連絡があったのは、二〇一一年六月のことだ。遺体安置所になっている体育館へ向かうと、中が見えないように目隠しとして吊《つ》り下げられたブルーシートの奥に数多くの方の遺体が安置されていた。

その多さにあっけにとられているあけみさんに、対応した警察官が見せてくれたのは、Lサイズ判の写真だった。あけみさんは「あっ」と声を上げた。自分がプレゼントしたエプロンとヤツ子さんが自分で作った前掛けが写っていたからだ。ヤツ子さんはワカメを仕分けする仕事をしていたので、水がかかってもエプロンが汚れないようにと前掛けをしていた。

「DNA鑑定しますか？って聞かれたけど、母のものに間違いなかったし、一刻でも早く会いたかった。なんでもいいから母に会わせてくださいって頼んだんだけど、会わせてくれないの。私のすぐ二、三メートル先のブルーシートの向こうには母の遺体があるのに」

震災から三カ月、あけみさんは必死で両親の行方を探した。やっと見つけた母親に、なぜ会わせてもらえないのか。

「実の娘に会わせられないってどういうことなんだ！　そこにいるんだから、会わせて！って、くってかかっちゃった。そしたら警察の人が言うの。『こらえてくれ、こらえてくれ！』って」

そして、もう一枚、見せられたのが、白髪だけが残った茶色い頭蓋骨の写真だった。遺骨には、わずかな皮膚さえ、ついていなかった。

「母は白髪が多かったから、間違いないと思った。でも、いくら言っても、その場で会わせてもらえないから、『すぐに連れて帰ります』って言ったの。お葬式をすれば、母に触《ふ》れられる、やっと会えると思って」

あけみさんが翌朝一番に引き取りに行くと、母親はすでに棺《ひつぎ》の中に入っていた。棺の顔の部分には四角い窓があり、透明なプラスチック板がはめ込まれていた。プラスチックの窓越しに見える顔には、ピンクの布が巻かれていた。

「棺が開けられない状態だったから、母親の体に触《さわ》れなかった。それで気づいたんだけど、たぶん、首から下はなかったのよ。だから、警察の人は、気づかって直接、見せなかったんだと思う。棺に入ってからも、きれいな布で巻いて、ショックを受けないように隠してくれたんだよね。でも悔しかったよ。結局、母に触《ふ》れられないまま、火葬になっちゃったから」

それから三カ月たった秋の彼岸も近い九月上旬、あけみさんはヤツ子さんと夢の中で再会した。それが冒頭の夢だ。

遺体が見つかったとき、激しい剣幕《けんまく》で警察官に文句を言ったことをヤツ子さんが気にして、夢に出て来てくれたのだろう。遺体に触《ふ》れることができなかった悔しさを「母が夢の中で慰めてくれた」とあけみさんは話す。

「いつまでもくよくよしてんな。いつも一緒にいるからって言いに来てくれたのかもしれないね」

ヤツ子さんの夢を見た翌日、政雄さんが夢に出てきた。震災の一年前に死んだ愛犬のサスケも一緒だ。

「父はいつもの作業着姿で『あけみ、あけみ』って呼ぶの。『だめだ、だめだ。あと、いいからな』って笑って言うのよ。『え？　何？』って聞いたら、すっと消えてしまったの」

「だめだ、だめだ」という父親の姿から、あけみさんは「遺体は見つからないってことだべな」と思った。

あけみさん家族は、ヤツ子さんが見つかったとき、政雄さんの葬儀も一緒におこなっていた。形式的には区切りがついたが、消息がわからない状態では、父親の位《い》牌《はい》を見ても、お墓参りをしても、気持ちの区切りはつかず、亡くなったことを受け入れるのが難しかった。そんなときに母親と父親が立て続けに夢に現れたのだった。あけみさんが見た政雄さんの夢は、まるでその後の経過を知らせる予知夢のようだった。夢は未来を示唆することがあるのかもしれない。

翌二〇一二年、春の彼岸のとき、また政雄さんが夢に出てきた。サスケが一緒にいるのは前回と同じだが、今度は何も言わない。あけみさんが「あれ？　どこにいたの？」と聞いても、「ふふん、ふふん」と笑うだけだ。

「その年の秋のお彼岸にも会いに来てくれたんだけど、やっぱり何も言わず、にこにこしているだけなのよね」

二〇一五年三月、久しぶりに政雄さんの夢を見た。今までとは違う夢だった。父親は大きなフェリーにたくさんの人たちと乗っていた。他の人たちはデッキに出て、手を振っているのに、父親は一人、ゆったりと椅子に座り、本を読んでいた。そして、岸にいるあけみさんのほうを向き、にっこりと笑った。

政雄さんは本が好きだった。生前、腰を掛けると、すぐに何かしらの本を手に取った。

夢から覚めたあけみさんは、「大好きな本を読んでいるから、もう安心しろ。好きなことをやっていれば、笑っていられるんだよ」と、父親に言われたような気がした。

この夢を見た直後の三月九日、携帯電話に気仙沼の市外局番を示す見覚えのない電話番号が表示された。「父が見つかったのかもしれない」と直感した。予想通り、海上保安庁からの遺体発見の連絡だった。

すぐに気仙沼に向かうと、政雄さんの遺体は二〇一二年にはすでに海から引き上げられていたと教えられた。

ただ、見つかったのは、太ももの骨だけ。定置網に引っかかっていたのを船主が届けてくれていた。あけみさんへの連絡が遅かったのは、DNA鑑定に時間がかかっていたからだ。

海上保安庁の担当者は、身元がわかるまで時間がかかったことを詫びたが、あけみさんには感謝の気持ちしかなかった。遺体を引き上げて届けてくれた船主、身元を突き止めるために関わった人たちがつなげてくれたおかげで、政雄さんは家族が待つ場所へやっと帰ることができた。その気持ちのリレーがうれしかった。

遺体が見つかって以来、あけみさんは両親の夢は見ていない。母親のぬくもりも父親の笑顔もはっきりと覚えているが、夢で会うことは、もうないのかもしれない。

今、あけみさんはキャリアコンサルタントとして、講演やセミナーに登壇することが多い。人を支援する仕事には、いろいろな強さがいる。その力を両親からもらったと話す。

「度胸のいい父と母でした。夢に現れてくれることで、母は頑張れっていうエールを、父は安心感を残してくれたんだろうなと思っているんです」

ただ、あけみさんには後悔もある。震災前、両親との暮らしがこれからも当たり前のように続くと思っていた。

「行ってきます」「ありがとう」

一緒に暮らしていると、そんな言葉がなおざりになる。忙しさに追われ、父母ときちんと向き合っていなかったかもしれない、という思いが、あけみさんの心の中に小さなしこりとして残っている。

だから、今は誰とでもほんの少しの関わりを持たせてもらったときは、「ありがとう」と、出会えたことに感謝して口にするようにしている。明日は来ないのかもしれないのだから。

「うちの両親も含めて、津波にのまれた人たちって、先のことを考える間もなかったんじゃないのかな。みんな、生きたい、生き抜きたいっていう願いしかなかったと思う。生きている私たちは失敗しても、やり直すチャンスがあるし、『どうしようかなぁ』って考える時間もあるじゃない。亡くなった人たちは五分、ううん、十秒あったら生き延びられたかもしれない。その時間が今の自分にあるっていうだけで幸せなことなんじゃないかな」

あけみさんは空を見上げることが増えた。

「父も母も偉大だったなぁって思うの。母だったらどっちを選んだかな、父だったら、どんなことを言ってくれたかなって。きっと私は追いつくので精いっぱいで、二人を超えられないと思う」

そんなふうに考えを巡らせていると、自分の決断に自信が持てるような気がしてくる。

当たり前のように流れている「時間」がいかにかけがえのないものなのか。震災の記憶が風化していく中で、今を前向きに生きていく大切さを、あけみさんはあらためて教えてくれた。

（取材日　二〇一七年五月二十九日）

# あのとき「行くな」と言えていたら

語り手　高橋雄介さん（仮名）
聞き手　坂口歩夢

「財布を忘れたから、家に帰る」

「わかった。じゃあ、俺はここで待ってるから」

高橋雄介さん（20歳）が見る震災の夢の最後は、決まって、この会話だ。場所は、仙台市立荒浜《あらはま》小学校のグラウンド。去って行く同級生の健二さん（仮名）に声をかけた瞬間に目が覚める。起きたときは、いつも体が汗ばみ、息が荒くなっている。雄介さんは、「百回以上は見ている」と言う。

雄介さんが東日本大震災に遭《あ》ったのは、中学二年生のとき。先輩たちの卒業式の日だった。雄介さんは、卒業式が終わったら、健二さんたち数人の友だちと一緒に遊ぶ約束をしていた。

一度、家に帰り、待ち合わせをしていたコンビニに向かった。みんなが集まったちょうどそのとき、地震が起きた。

「一緒にいた子が荒浜小学校に避難しようって言ったんだよね。自分の家とは逆方向だったけど、家に帰っても家族がいるかどうかわからなかったし、一人になるのも不安だったから、友だちについて行ったんだ」

小学校には近所の人たちが集まっていたが、まだのんびりした雰囲気があった。そのため、友だちは雄介さんと健二さんを残して、家族を探しに行ってしまった。

「小学校にいた人で津波が来るなんて思っていた人は、誰もいなかったんじゃないかな」

雄介さんと健二さんは、しばらく校舎の中にいたが、地震騒ぎは一向に落ち着く様子がない。校庭に出ると、友だちも戻ってきた。雄介さんたちは遊ぶのを諦《あきら》め、解散することにした。

そんなとき、健二さんが「財布を忘れたから、家に帰る」と言った。これからどうするか迷っていた雄介さんは、「わかった。じゃあ、俺はここで待ってるから」といつもの別れ際のように声をかけた。

健二さんと別れると、だんだん不安が強くなってきた。雄介さんは、家に帰ることにした。周囲より一段高くなっている仙台東部道路《せんだいとうぶ》を歩いていたときだ。荒浜小学校の方向を見ると、黒い泥のようなものが見えた。

「津波は見ていないし、荒浜小学校の方向を見たときも何が起きているのかよくわからなかった。あとから津波が来たことを知って、鳥肌が立った。あのまま校庭にいたら自分も巻き込まれていたと思う」

健二さんの家は海の近くにあった。雄介さんは健二さんや小学校に残った友だちの無事を祈るしかなかった。六日後、健二さんが行方不明になっていることを知った。遺体で見つかったのは、それから一カ月後だった。

雄介さんが健二さんの夢を見るようになったのは、二〇一一年四月七日に震度6強の余震があったときからだ。

夢は現実をなぞるように、集合場所だったコンビニや小学校の校庭から始まる。雄介さんは中学校の制服姿、健二さんは赤いシャツに黒のズボン、灰色のコートに黒のマフラーを巻いている。

始まり方は違っても、雄介さんが「わかった。じゃあ、俺はここで待ってるから」と言った瞬間に目が覚めるのは、いつも同じだ。

「思い出したくないから、ふだんは意識しないようにしてるんだけど、ボランティアとかで被災地に行って、土台しか残っていない家を見ると、ここも津波で流されたんだな、って思うよね。そうすると、あいつも津波で、って思い出すんだ。健二の夢を見るのは、そんな日が多い」

雄介さんは、夢の中で何度も「いや待て、危ないから」「行くな」と言おうとした。しかし、それがなぜかできない。

「口が勝手に『わかった』って動くんだ。見たくない夢なのに、こんなに繰り返し見るのは、何かに見させられているんじゃないかな。だって、俺が止めていたら、あいつ、助かってたと思う。『なんであのとき、止めてくれなかったんだ』って恨まれてるんじゃないかと思うときもあるんだ」

雄介さんにはもう一つ、大きな後悔がある。私（坂口）が夢の話を聞き始めて、二回目のときだ。「夢のことを全部、話したのは初めて」と言いながら、ずっと黙っていたことを打ち明けてくれた。

校庭で健二さんをしばらく待っていたときだ。雄介さんは健二さんの母親に会っていた。

「健二を探していたから、おばさんのところまで走って行って、『家に戻りましたよ』って教えたんだ。俺が家に帰ることにしたのも、健二が小学校に戻ってくれば、おばさんと一緒にいるだろうと思ったからなんだよね。そしたら、『じゃあ、迎えに行く』って小学校を出たおばさんまで津波にやられちゃって。俺が健二を止めていれば、おばさんも死なずに済んだと思う」

健二さんと彼の母親が行方不明になっていることを震災の六日後に知った雄介さ

んは、やり場のない怒りと後悔から、身の回りのものを手当たり次第に壊した。

一ヵ月ほどたち、周囲に壊すものがなくなってしまうと、高ぶった気持ちも少しずつ落ち着いてきた。階段に座り、黙禱《もくとう》のように頭を垂れ、まぶたを閉じて静かにしていたときだ。

「ああ、一瞬なんだな、すべては」

そんな考えが頭に浮かんだ。何が人の運命を決めるのかはわからない。けれど、ほんのわずかな時間で人生が変わることもあるのだ。

「それからは、一日一日を大切にしようと思えるようになった」と雄介さんは言う。

気持ちが落ち着いたせいだろうか。そのころ、雄介さんは、たった一度だけ、夢の中で健二さんに「行くな」と言うことができた。雄介さんが声をかけたとき、健二さんは「え？」とでも言いたそうなキョトンとした顔をした。夢はそこで終わった。

その後も繰り返し健二さんの夢を見ているが、それ以降、「行くな」と言えたことはない。

「なぜ、あのときだけ、言えたのかはわからない。不思議そうに自分を見ていた健二の顔が忘れられないよ。本当のことを言えば、健二の夢は今も見たくない。自分が何もできなかったことを思い知らされるし、恨まれてるかもと思うと怖くなる。

でもさ、夢でもいいから会いたいとも思うんだよね。矛盾してるんだけど」

震災から六年目の二〇一七年、雄介さんは成人式を迎えた。式の会場には中学時代の同級生も顔を揃《そろ》え、雄介さんはみんなと話をしていた。そのときだった。雄介さんは誰かに肩に手を置かれ、「よっ」と呼ばれた。

懐かしい健二さんの声だった。

「あいつもここにいればな、と思ったからかな。幻聴だと思うんだけど、はっきり聞こえたんだよね。周囲が『どうした？』って驚くくらい、俺、大きく振り返ってたから。でも、成人式には俺より健二と仲がよかった友だちがいたのに、どうして俺にだけ聞こえたんだろう」

じつは雄介さんと私（坂口）は、仲のよい友だちだ。雄介さんに夢の話を聞くことにしたのは、同じ夢を繰り返し見るという話を聞き、一緒に理由を考えられるのではないかと思ったからだ。

だが、彼の話は震災を知らなかった私には驚くことばかりで、うまく受け答えができないときもあった。健二さんのことを話す雄介さんの表情は、今まで見たことがないほど真剣だった。震災の話を聞くことは、彼に辛い思いをさせているだけなのではないかと悩んだこともあった。しかし、彼はこう言ってくれた。

「歩夢に話をしてから、また健二の夢を見るようになったんだ。相変わらず、『行くな』とは言えないんだけど、以前とは感じ方が違う気がする。なんだろうね、歩夢に話してから、健二に許してもらったような気がするからかな。俺も誰かに同情してもらいたかったのかもしれないね」

（取材日　二〇一七年四月二日、四月二十五日）

# 神様がちょっとだけ時間をくれた

語り手　鈴木由美子さん
聞き手　井出真奈美

三男の秀和《ひでかず》君（当時12歳）を津波で亡くした鈴木《すずき》由美子《ゆみこ》さん（47歳）は、夢の記録をとっていた携帯電話を愛《いと》おしそうに眺めた。

「震災からしばらくは、秀和を忘れたくないから、携帯電話のメールをメモ代わりに夢の記録を書いていたの。でも、だんだん夢の感じが変わってきて。秀和がいる気配は感じるんだけど、姿が見えないのよね。それで、書かなくなったんじゃないかな」

由美子さん一家が震災前に住んでいたのは、石巻湾《いしのまきわん》に近い海沿い。女手一つで、専門学校生の長男、中学生の次男、小学六年生の秀和君を育てていた。

地震が起きたあと、家族全員が集まり、近所に住んでいた妹家族と一緒に三台の車に分乗し、避難場所に向かっていた最中、津波に襲われた。車ごと波に巻き込まれ、ひっくり返され、家々の屋根や柱にぶつかりながら、息をつけるような状態になったとき、秀和君だけ姿が見えなくなっていた。

由美子さん一家はスポーツが大好きで、秀和君も野球に夢中だった。身長がすでに一六二センチもあり、将来を期待されていた。

「秀和はやさしくて素直な子でね。自分が一生懸命、貯《た》めたお金でゲーム機を買っても、お兄ちゃんやいとこたちに貸しちゃって、みんなが遊んでいるのを見て喜ぶような子だったの」

震災の日も、由美子さんは真っ先に小学校へ秀和君を迎えに行った。「怖かったでしょ?」と聞くと、「怖くねーよ。地震が怖くて泣いてる女の子たちがいっぱいいたけど、俺、大丈夫だから、家族が必ず迎えに来るからって励ましたんだよ」と秀和君は得意げだった。

「ちょうど雪が降ってきて、『ほら、雪、雪』って秀の額《ひたい》をはらってあげた感触が今も忘れられない。その後、車に別々に乗って避難所に向かったから、あれが秀に触った最後だったの」

由美子さんの夢に秀和君が現れるようになったのは、震災から一、二カ月たったころだ。秀和君は困った様子で、由美子さんに「早く行くよって連れて行こうとしても、お母さんがいないって泣いて動かないんだ。どうしよう」と話しかけてきた。

その言葉を聞き、由美子さんは、秀和君が連れて行こうとしているのは、三歳くらいの男の子だと直感的に思った。

「身近に小さい子はいないのに、なぜかそう思ったの。面倒見がいい子だったから、津波に巻き込まれたとき、近くにそれくらいの年の子がいたのかもしれないね」

由美子さんの夢は、映画のワンシーンのように短い。震災から一年後の二〇一二年三月十七日に見た夢もそうだった。

秀和君は、入学する予定だった中学校の昇降口に、クラスメイトと並んでいた。全校生徒が並んでいるようで、生徒たちはクラス別にまとまり、卒業生は左側、在校生は右側に分かれている。秀和君は中学校の制服を着て、在校生側の一番後ろに友人といた。由美子さんは会話を交わすこともなく、遠くから秀和君を見ていた。震災が起きたのは、小学校の卒業式の一週間前だった。

「中学生になる前に逝《い》ってしまったから、制服を着た姿を見せに来てくれたのかな」

同じ年の八月十六日に見た夢は、青いノースリーブのシャツを着て、白いビニール袋を持った秀和君が、見覚えのない山のあぜ道を歩いていた。暑い日だった。由美子さんがいる場所からは遠く、高い場所を歩いている。

「どこに行くの?」と由美子さんがたずねると、汗だくの秀和君は「図書館に本を返しに行く」と答えた。暑さを心配した由美子さんは、秀和君に「車で送って行くよ」と呼びかけたが、「いい、いい」と彼は歩いて行ってしまった。

「図書館に行くような子じゃなかったのに、なぜ図書館だったのかしら」と、由美子さんは微笑《ほほえ》んだ。

このころから由美子さんは、秀和君が夢に出て来る感覚はあるのだが、はっきりとした姿で捉《とら》えることは少なくなっていった。

秀和君が登場する夢には、不思議な話がある。由美子さんだけでなく、秀和君の兄たちや由美子さんの妹も、よく秀和君の夢を見ていた。違う人間が見ているのに、秀和君の夢には、みな一様に時間制限があるのだ。

「妹が見た夢は、秀があと何分しか一緒にいられない、っていう話だった。お兄ちゃんが見た夢は、秀に『大丈夫だったのか？ 時間いいのか？』って聞いたら、『ちょっとだけね。神様がちょっとだけ時間をくれたんだ』って答えたんだって。(アニメの)ハクション大魔王の最終回って知ってる？ 大魔王が魔界に帰らないように、みんなで引きとめるの。あれと一緒。時間がない秀を引きとめたいっていう夢を家族が繰り返し見てるのよね」

夢の中の秀和君は、いつも忙しそうだ。懐かしい秀和君の口調で、「俺、忙しいんだよねー」と話す声まで聞こえてくることもある。

秀和君を失って、由美子さんは自暴自棄《じぼうじき》になった時期もあった。今まで、必死に生きてきた。子どもたちにもスポーツマンとして恥ずかしくないよう、誠実に生きるように教えてきた。何も悪いことはしていないのに、なぜ大切な息子を奪《うば》われなければならなかったのか。一生懸命生きてきたことがすべて無駄だったように感じ、どうしても納得できなかった。

しかし、そんなやり場のない怒りも震災から時間がたつにつれて、徐々に変わってきた。生に執着がなくなり、いつ死んでもいいという気持ちは震災直後とそう大きくは変わっていない。ただ、いつか秀和君にもう一度、会ったとき、恥ずかしくない母親でいたい、と考えるようになった。

私（井出）に話をしてくれた夜は、久しぶりに秀和君の夢を見たそうだ。自宅でお兄ちゃんと一緒にいる秀和君は、幼いころの姿だった。牛乳を飲んでいた秀和君が、コップを落としてこぼしてしまい、由美子さんが「あらっ、大変」と言っている場面だった。震災がなければ、記憶に残ることもなく、続いていた日常の光景だ。

由美子さんは今も日々の生活を震災前と変えていない。秀和君の食事も食卓に並べ、誕生日にはケーキを買い、プレゼントも選んでいる。少し寂しいのは、成長した秀和君が何を欲しがるのか、だんだんわからなくなってきたことだ。そんなときは、お兄ちゃんたちに相談している。

由美子さんには、夢で秀和君の姿が見えなくなってきたことに、ほっとする気持ちもある。

夢は必ず覚める。目覚めたときに秀和君がいない現実を突きつけられるのは、とても辛い。それよりも、目覚めて過ごしている時間のほうが、姿は見えないが、秀和君がそばにいると感じられる。由美子さんは言う。

「そのほうがずっといい」

（取材日　二〇一七年五月九日、五月二十八日）

# 押し寄せる真っ黒な波の幕

語り手　山田真理さん
聞き手　本田賢太、伊藤日奈子、
齊藤香菜子

山田真理《やまだまり》さん（42歳）は、震災から六年たった今（取材時）も、津波が襲ってくる夢を頻繁《ひんぱん》に見ている。とくに見やすいのは、東日本大震災が起きた三月十一日前後だ。

黒い波が幕のようにザバーッと押し寄せてくる。周囲は真っ暗で、海なのかどうかさえ、判別はつかない。波が迫ってきた。「ああ、連れ去られる」と思うところで、いつも目が覚める。起きてからしばらくは、津波の恐ろしさが消えない。

震災当時、小学六年生だった長女、小学三年生の長男、小学二年生の次女が一緒に夢に出てくることもある。真理さんたちは津波に巻き込まれ、全身を波に揉《も》まれている。長男が「ママ、早くこっちに来て」と言うのだが、真理さんと娘たちはうまく泳げない。長女が長男と離れたところで「ママ！」と助けを求めているが、そこにもたどり着けない。波の中でもがき苦しんでいるところで目が覚める。
「今年になって、ようやく津波の夢が少し減ってきたかも」と、真理さんは言う。
真理さんは、震災の日まで東松島市《ひがしまつしまし》にある野蒜《のびる》小学校の近くでそろばん教室を開いていた。授業を始めようとした矢先、激しい揺れに襲われた。真理さんは、真っ先に生徒たちを避難させなければ、と思った。ちょうどそのとき、生徒の祖父が町内のパトロールで通りかかった。真理さんは、生徒たちをその男性に託し、野蒜小学校に避難させた。

次に避難させなければならないのは、教室の隣に住んでいる祖母の山田とよ子さん（当時88歳）だ。真理さんはとよ子さんを連れ、野蒜小学校に向かった。

小学校に着くと体育館へ誘導され、靴を脱ぐように指示された。津波が近づいているのに、なぜ校舎より低い位置にある体育館が避難場所なのだろう。なぜ体育館の電灯がゆらゆらと揺れて危ない状態なのに、靴を脱ぐのだろう。疑問を感じながらも渋々応じ、靴下で体育館に入った。そこで長女と長男、次女とも会うことができた。

フロアの中央で次の指示を待っていると、体育館の入り口から、黒い波がサワサワ〜と入ってきた。
「津波を見たことがなかったから、え？　何？って感じ。津波ってこんなもん？って思いながら、息子と娘たちに『高いところに逃げて』と叫んだの。私もすぐにおばあさんの手を引っ張って、舞台に上がったら、その瞬間、ザブーンと波にのまれてしまって。気づいたら、体が浮いて、足が床から離れてた」

波に巻き込まれた物が四方からぶつかってくる。真理さんは泳げない。何度も波をかぶり、もがき苦しんだ。次第に波が落ち着き、つま先がなんとか舞台の床に着くようになり、水面から顔も出せるようになった。しかし、少し大きい波が来ると、やはり顔は水をかぶり、あちこちに体を持って行かれてしまう。まるで水の塊《かたまり》に揉まれているようだ。苦しい。

泳ぎが得意な長男が母親の様子に気づき、「ママ、口じゃなくて鼻で呼吸して」と声をかけながら近寄ってきた。息子に手を握られ、真理さんは少し冷静さを取り戻した。

息子だけでも助かってほしい。「もっと安全なところへ逃げて。ママはここで頑張るから」と声をかけ、長男の手を離した。

数分ほどはとよ子さんとも手を握り、励まし合っていたが、何度目かの波に襲われたとき、ついに手が離れてしまった。近づこうとしても、祖母はどんどん遠くなる。

そのとき、同じように波に揉まれている女性の姿が視界に入った。娘と同学年の子がいる母親で、自分の子どもを抱えていた。

もうダメ。抱えていられないから助けて。

彼女は真理さんに目で訴えてきた。

「私、泳げないじゃない。でも、この人を今、助けなかったら、一生、夢に見ると思って、必死で手を伸ばして、子どもを一緒に支えたの」

そのころには、とよ子さんの姿は見えず、声も聞こえなくなっていた。

波はなかなか引かない。観覧席になっている二階のギャラリーに逃げた人たちが「大丈夫かー」と声をかけてくるが、はい上がれるような場所が見つからない。

ギャラリーの人たちがカーテンを結んでロープ代わりにしたものを水面に投げ込んできた。真理さんはそれをつかもうとしたが、手がかじかみ、なかなかつかめない。やっとつかめても、上がることができず、何度も水の中にずり落ちる。下から男性に押し上げてもらい、ようやく水から出ることができた。

よろよろとギャラリーに登った。長女たちの姿は見つけられなかったが、知り合いの子どもたちに聞くと、三人ともギャラリーには上がれたらしい。少し離れたところに、ずぶ濡《ぬ》れになったそろばん教室の生徒の姿も見つけた。長女たちの行方が気になるが、大勢の人でギャラリーがすし詰め状態のため、身動きが取れない。祖母を探しに行きたくても、一階はまだ水面が高く、下りることができなかった。

東日本大震災の巨大津波は、自治体指定の避難所に逃げ込んだ人々ものみ込んだ。野蒜小学校もその一つだ。野蒜地区は、一九六〇年のチリ地震津波でも被害がなく、東松島市が二〇〇八年に作った津波防災マップの浸水想定地域にも入っていなかった。

しかし、三メートルの津波に襲われた。真理さんがいた体育館も一番高い波は二階のギャラリーの床ぎりぎりに達するほどだった。

夜が更けるにつれて、ギャラリーの下にある割れた窓から吹き込む風や床からの底冷えが重なり、濡れた体を寒さが襲う。津波から助かったというのに、低体温症で気を失ったり、亡くなったりする人の数が増えていった。

真理さんは眠ったら死んでしまうと、必死でまぶたを開いていた。そんなとき、そろばん教室の教え子たちが泣きながらそばにきた。気持ちが奮《ふる》い立った。

のちに教え子たちから、「先生に助けられた」と感謝されたが、真理さんは「あなたたちがいたから一緒に頑張れた」と思っている。もし、教え子たちがいなかったら、睡魔《すいま》に負けていただろう。

午後十時半ごろ、津波の水位がやっと下がり始めた。地面を歩けるようになると、真理さんら体育館にいた人たちは、校舎の教室に避難した。真理さんも長女たちや祖母を探した。長女が校舎を走り回って真理さんを見つけてくれた。長男、次女ともやっと会えた。ずぶ濡れの四人は抱き合って無事を喜んだが、祖母だけがどうしても見つからなかった。

四日後、とよ子さんは遺体で見つかった。高跳び用マットのそばに倒れていた。体育館での祖母の様子は、震災からかなりたってから、長男が教えてくれた。真理さんが漂《ただよ》っている間、祖母はマットの上でしばらく横たわって浮いていた。しかし、マットが海水を含んでしまったのか、気がつくと姿が見えなくなっていた。

「息子はギャラリーから全部、見ていたらしくて、『俺は何もできなかった』って泣くの。辛くて、ずっと言えなかったんでしょうね」

とよ子さんは、明るい性格で子どもが大好きだった。料理や洗濯が得意で、一人でシルバーカーを押して出かけてしまう行動力もあった。

とよ子さんは忙しい父母に代わって、真理さんの面倒を幼いころから見てくれた。大人になってからも、真理さんはとよ子さんとは仲がよかった。恋の話から子育ての悩みまで、母親にはなかなか話せないことも、祖母には話せた。とくに子育ては、とよ子さんが助産師だったこともあり、頼りにしていた。今も子どもとの関係に悩むと、「おばあさんがいてくれたらなあ」と思い出すことがよくある。

一度だけ、とよ子さんが夢に出てきた。昔、とよ子さんが住んでいた家で、二人で一緒に着物を探していた。

とよ子さんは、着物を着るのも作るのも好きだった。真理さんも真理さんの子どもたちも、とよ子さんが縫った着物や浴衣を着せてもらった思い出がある。亡くなる直前のとよ子さんは、腰が曲がり、足も悪くなったため、着物を着なくなっていたが、夢の中ではピンと背筋を伸ばした着物姿だった。

「あの世で好きな着物を着てるんだ。しっかり歩けてるんだ」と真理さんは、うれしくなった。とよ子さんは笑顔で真理さんに話しかけてきた。

「あの着物、探しに来たんだやー」

「え？　着物？　おばあさん、着んの？」

「そうだ。早く探して」

「これじゃない？」

二人で着物を探し歩いた。とよ子さんが好きだった淡い紫色の着物が見つかった。祖父からの大切な贈り物だった。そこで目が覚めた。

この夢を見たのは、長女が高校に合格したころだ。孫の成長をとよ子さんに教えたいといつも考えていたから、夢に出てきてくれたのかもしれない。真理さんは、とよ子さんを助けられなかった自分をずっと責めていた。しかし、夢の中の祖母は笑顔だった。とよ子さんから「いいんだよ。頑張りなさい」というメッセージを受け取ったような気がした。

祖母は自分と子どもたちの身代わりになってくれたのかもしれない。祖母が守ってくれた子どもたちのためにも、子育てを頑張っていこうと思えるようになった。

私たち（本田、伊藤、齊藤）が夢の話を聞くうちに、真理さんはもう一つ、二〇一二年四月に見た夢を思い出してくれた。そろばん教室の生徒だった男の子（当時18歳）と女の子（当時9歳）の夢だ。

二人はいとこ同士。男の子は礼儀正しく、元気な子だった。そろばん教室を卒業してからも顔を出してくれていた。女の子はたまにリップグロスを塗ってくるようなおしゃれさんだった。彼女は、真理さんの自宅にもよく遊びに来ていた。

男の子の誕生日が近づき、真理さんが「生きていたら、十九歳だなぁ」と思い出した日の夜、二人が出てきた。場所は真理さんのそろばん教室。男の子は、ジーパンにTシャツ姿、女の子はワンピースを着ていた。よく見かけた服だ。「先生！」とあのころのように元気に呼んでくれた。

「会話はなかったけど、にこにこしていたから、疲れている私を元気づけるために出て来てくれたのかもしれないわね」

二人の死を知ったのは、震災後、津波で壊れた携帯電話を買い直したときだ。真理さん一家は自宅が被災したため、実家に身を寄せていた。

真理さんは、携帯電話が使えるようになれば、サーバーに残っているメッセージが読めるかもしれないと考えていた。電源が入ると予想通り、教え子からのメッセージが入っていた。しかし、その内容は二人が亡くなったという知らせだった。

亡くなった子どもたちが遺体安置所にまだいるというメッセージも残っていたが、真理さんは躊躇《ちゅうちょ》した。当時はガソリン不足が深刻で、車を思うように使えなかった。とよ子さんもまだ見つかっていなかった。

二人の遺体を見てしまったら、その顔しか思い出せなくなるかもしれない。笑顔のあの子たちを覚えていたい。真理さんは母親に相談し、安置所には行かないことにした。

あとから安置所の様子を聞いて、真理さんはやはり行かなくてよかったと思った。同じ母親の立場として、子どもたちが冷たい場所で他人の目にさらされるような状態で安置されているのは、たまらなく辛い。自分が行かなかったことで、その目を一人でも増やさずに済んだかもしれない。

二人の葬儀には、亡くなった女の子の赤いランドセルを持って参列した。津波に襲われた祖母宅の周辺で遺留品《いりゅうひん》を探していたとき、偶然、見つけていた。真理さんはランドセルを何度も洗って砂を落とし、きれいに包んで女の子のお母さんに渡した。それがたった一つの女の子の形見になった。他はすべて津波に流されていたからだ。女の子のお母さんは、今でも娘のランドセルを抱いて寝ているという。真理さんの周りには、そんなふうに突然、逝《い》ってしまった人たちの話が限りなくある。

「あのころは、悔しかったり、迷ったり、後悔するようなことばかりでした。どうしようもなかったとは思うんですけど」

　真理さんはインタビューの間、涙ぐむこともあったが、終始、明るく、ときにはとても早口で話してくれた。でもそれは、私たちに、そして自分に、辛い気持ちを感じさせたくないという思いがあったからなのかもしれない。

　悪夢が多かった真理さんも、最近は、夢の中身が少し変わってきた。

「記憶に残っている明るい夢は？」とたずねると、「キムタクの夢！」と笑った。次女と一緒にキムタクの豪邸に行き、大きな台所でキムタクの奥さんと一緒に料理をする夢だったという。目覚めてから、夢の話で次女と盛り上がったそうだ。

「この日は一日、頑張れたよね」と、真理さんはうれしそうに話した。

「やっぱり楽しい夢がいいよね。震災の夢は消したい」

　そう言う真理さんだが、夢を忘れることは祖母を消すことになるのかもしれない、という複雑な気持ちもある。とよ子さんには会いたい。でも、次に会うときは、楽しい夢がいい。


（取材日　二〇一七年四月二十一日）

# ブルーシートの下から手が伸びて来る

語り手　佐藤昌良さん
聞き手　斎京悟郎

佐藤昌良《さとうまさよし》さん（57歳）の実家は、八・六メートル以上の津波が押し寄せた牡鹿半島《おしかはんとう》の石巻市鮎川浜《いしのまきしあゆかわはま》にあった。両親は海から数十メートルほど離れた場所で長年、文具店を営み、地元の人たちに親しまれていた。

三月十一日、昌良さんは国会議員の秘書として東京で働いていた。地震の直後、実家に電話をかけたがつながらない。すぐにでも故郷に向かいたかったが、議員を支える立場では、そう簡単に仕事から離れられない。しかし、躊躇《ちゅうちょ》する昌良さんに議員は「ただごとではないから」と、両親を一刻も早く探しに行くよう、促《うなが》してくれた。

予備のガソリンタンクを車に積み込み、昌良さんは出発した。東北自動車道は救援車優先で使うことができないため、国道を走ることにしたが、至《いた》るところで道路の寸断があり、大渋滞にも巻き込まれた。やっとの思いで鮎川浜に到着したときは、出発から四十時間が経過していた。

昌良さんは鮎川浜に向かう途中、津波の犠牲となった数多くの遺体が、まだ収容しきれていないのを見ることになった。車の中で亡くなったままの姿も目にした。それほど故郷を襲った被害は大きかった。

昌良さんは、避難所や思い当たる地域を回り、両親を探したが、なかなか見つからない。時間の経過とともに両親は生きているかもしれないという希望は次第に消え、諦《あきら》めに変わっていった。

震災から二週間ほどたったころ、遺体の多くが石巻市総合体育館など大きな施設に集められるようになった。昌良さんは、妻と二人で東京と石巻の間を何度も往復し、遺体安置所を一つひとつ回った。安置所で遺体を探す方法はさまざまだった。情報がまとめられ、案内してくれる人がいるところもあれば、並べられた遺体を自分で確認しなければならないところもあった。

昌良さんは、情報が整っていない安置所では、遺体にかけられたブルーシートを端から順にめくり、両親を探していった。

もしかしたら、ここに両親がいるかもしれない。一日も早く見つけてあげたい。祈るような思いで探し回った。

「まさか自分がそんなことをするなんて思いもしませんでした。異常な光景でした。ちゃんと整ったご遺体なんて、ほとんどありません。ひたすらブルーシートをめくり、ご遺体を確認する、の繰り返しです。その作業を機械的にこなすことだけでやっとでした」

夜になると緊張がほどけるのだろう。昼間の光景が夢で蘇《よみがえ》ってきた。

昌良さんが遺体安置所の建物に入ると、床いっぱいに遺体が並んでいる。ぐっと感情を抑え、ブルーシートを一枚一枚めくっていく。

その下にある遺体は、現実と同じように静かに眠っているように見えるものもあれば、苦しみに満ちた表情をしている遺体もあった。体の一部が損傷している遺体も少なくなかった。まるでビデオカメラで撮影した映像を見ているかのように、夢は鮮明だった。

「震災から日が浅いうちは、ご遺体も男女に分けられブルーシートにくるまれていました。でも、それだと遺族が探しにくいと思ったのか、遺族がブルーシートをめくるときの悲痛な心中を察してか、次第にシートが半分くらいかけられた状態に変わっていきました。両親が見つかるまで三十日かかりましたから、ご遺体の確認方法が変わっていったのもよく覚えています」

両親は母親、父親の順で見つかった。母親は利府町《りふちょう》の宮城県総合運動公園「グランディ・21」に安置されていることを警察が教えてくれた。その翌日、父親は実家からほど近い東北電力の社員寮付近で瓦礫《がれき》の中から見つかった。

昌良さんは両親を引き取り、火葬を済ませ、地元の寺に納骨《のうこつ》した。東京に戻り、仕事に復帰した。予想もしなかった形での別れだったが、一区切りついたという安堵《あんど》もあった。

「亡くなる前の父と私は、すれ違いの関係でした。牡鹿半島の突端で暮らす両親と永田町で働いている私では、生活の時間軸も環境もまったく違います。父の勧めで地元選出議員の秘書になりましたが、仕事の内容を話すことはありません。父から『どうせ毎晩、遊び歩いているんだろう』と言われたこともあります。私も父との距離をあえて埋めようとしませんでしたし、帰省して顔を合わせれば口喧嘩《くちげんか》をするような状態でした」

東京に戻った直後から、昌良さんは再び震災の夢を見るようになった。遺体安置所で両親を探していた光景が蘇ってくるのだ。

夢は安置所に入るところから始まる。ブルーシートを一枚一枚めくるところは、両親が見つかる前に見た夢と同じだ。昌良さんは、「ああ、もう親父もおふくろも見つかったし」と、悲しみの中にもほっとした気持ちを感じていた。

夢が以前と違っていたのは、そこからだ。安置所を出ようとしたときだ。ブルーシートの下にいた数人の遺体から手が伸び、昌良さんの足をつかんだ。その力は弱く、まるで死の淵《ふち》にいる人が「待って」と助けを求めてくるようだった。

昌良さんは隣に寝ている妻が驚くくらいの勢いで飛び起きた。

「夢だった」

ほっとしながら、暗闇の中でもう一度、布団に入るが、眠りにつくと、また遺体が足やズボンに触《ふ》れるように弱々しくしがみついてくる夢を見てしまう。足に触れられた感触は、生々しかった。昌良さんは毎晩、夢を見ては目覚める状態を繰り返すようになった。

「夢を見ている間は、あのときと変わらず、遺体安置所を回って探し続けているような気持ちでした」

疲れ切った昌良さんは、妻の勧めもあり、心理カウンセリングを受けることにした。カウンセラーは興味深い話をしてくれた。人間は誰もがストレスを溜《た》めるタンクを持っている。嫌な体験が続き、タンクの中身が増えてきても、楽しいことがあると中身は減る。人間はその中身の量を調節して生きているのだという。

「ストレスが溜まりすぎてタンクからあふれ出したものが、夢になるんでしょうね」

カウンセリングに通うようになってから、昌良さんは少しずつ落ち着いてきた。

誰にも打ち明けることができなかった震災体験や両親との思い出をやっと言葉にして語ることができたからだ。夢を見る暇もないくらい疲れようと、スポーツクラブで体を激しく動かしたことも昌良さんを救ってくれた。

震災から半年がたったころ、昌良さんの夢には両親が出てくるようになった。場面は実家だったり、旅先だったり、昌良さんが両親と一緒に過ごした場所だ。会話はほとんどなく、あっても「そろそろテレビを買い換えなきゃな」といったたわいもないもの。震災前、当たり前のように過ごしていた日常の光景だった。

震災体験は、昌良さんの人生を大きく変えた。議員秘書を辞め、石巻市に戻り、縁あって父親が晩年に勤めていた総合建設会社の社長になった。

死生観も変わった。想像を超える体験をしたことで、死を受け入れる気持ちが変化した。菩提寺《ぼだいじ》の教えを受けたことも大きかった。

供養《くよう》とは、いつまでも泣いたり、悲しみにくれたりすることではない。普通の暮らしを続けながら、法要《ほうよう》の日は仏に手を合わせることが大切なのだ。そう教えられ、笑ったり、おいしいものを食べたり、今を生きることが両親への供養と思えるようになった。

「夢のいいところは、亡くなった両親が年をとらずに出てくることです。夢でもいいから会いたいとは思いませんが、もし会って話ができるなら、震災のとき、なぜとどまったのか、最期に両親は自分に何を言いたかったのか、聞いてみたいですね」

私（斎京）は、新潟県出身で東北に知人もいない。昌良さんの話を聞くまで、東日本大震災に対して深い感情はなかった。むしろ、夢の話を聞くことに抵抗感もあった。被災者でもなく、東北出身でもない自分が家族を亡くした方に話を聞くのは、失礼になると思っていたからだ。

しかし、昌良さんの語る一言一言は、私の頭にすっと入ってきた。それは見ず知らずの私を受け入れ、快く迎えてくれた昌良さんの声が当時を懐かしむかのように、とても温かかったからだろう。

大震災がどれほど恐ろしいものなのか。そして、命のつながりがどれほど深いものなのか。私は初めて東日本大震災を心で感じることができたのだと思う。

（取材日　二〇一七年六月一日）

# 聞こえてくる食器を洗う音

語り手　髙橋匡美さん
聞き手　金菱　清

髙橋匡美《たかはしきようみ》さん（51歳）の夢は、津波が来襲する直前から始まる。

匡美さんは三月十一日の津波で、石巻市南浜町《いしのまきしみなみはまちょう》に住んでいた父親の佐藤悟《さとる》さん（当時82歳）と母親の博子さん（当時73歳）を亡くした。

夢の中で、博子さんが悟さんの乗った車椅子を押しながら、実家から東に五〇メートルほど出た道を歩いている。匡美さんも一緒だ。近隣の道路は車で渋滞しているので、徒歩で避難することになったようだ。自分たちは石巻市立病院か石巻文化センターに向かっているのだろう。車の渋滞は門脇《かどのわき》小学校まで続いている。

「早く、早く」

匡美さんは二人を急がせる。匡美さんは周囲で渋滞している車にも「逃げてー！」と叫ぶが、誰も危険が迫っていることに気づいてくれない。

匡美さんの様子が尋常《じんじょう》ではなかったのだろう。のんびりと歩いていた両親が驚いた表情に変わった。

夢はそこで覚める。

実家で両親と過ごしている夢を見たこともあった。夜は両親の寝室になる和室で、ふだんはそこにないはずの長方形の座卓が、奥の部屋から三つほどくっついた状態で並べてある。足が悪いはずの悟さんが座卓の上を歩きながら、窓の外を眺めに行った。あたりが突然、暗くなった。黒い鉄板のような波が高さを増し、窓の外を覆《おお》い尽くそうとしている。大波が襲いかかる直前、父親が窓の方向を見つめたまま、驚いた顔をした。その横顔を匡美さんは見ていた。

匡美さんが見る夢は、いつも悟さんと博子さんが津波に襲われる直前で終わる。津波に巻き込まれたり、水の中でもがいていたりするような場面はない。

塩竈市の内陸部に住んでいた匡美さんは津波を直接は見ていない。震災の日は深夜に息子が無事に帰宅すると、匡美さんはすぐに実家に向かって車を走らせた。しかし、道路が冠水《かんすい》していたり、道路にできた亀裂にタイヤを取られ、パンクの修理に時間がかかったりしたことから、石巻市内に入ることもままならなかった。

午前四時を回ったころ、いったん自宅に戻り、情報を収集してから出直すことに決めた。

翌日の十二日は前夜の疲れから、起きるのが遅かった。匡美さんの自宅は無事だったが、電気や水道は不通で、激しい余震も続いている。体中に使い捨てカイロを貼り、ダウンジャケットを着て靴を履《は》き、食料やろうそく、ラジオをリビングに集め、息子としのぐことにした。

十三日は、情報や食料、水を求めて、市役所まで行ってみた。給水車に水を求める人の列、タコ足配線で充電しながら携帯電話を見つめる人たちが大勢いた。市役所の玄関脇には、大震災と大津波が東北地方を襲ったという新聞の号外が貼られていた。公民館に行ってみると、音声だけのテレビ放送から、石巻市の公民館の上に、津波に運ばれたバスがひっかかっているというニュースが流れてきた。

自分たちにいったい何が起こったのか、よく理解できないまま、公民館で配給された紙コップ半分の薄いカレーと八枚切りのパン一枚を一緒にいた息子に食べさせ、匡美さんたちは自宅に戻った。

その深夜、不思議なことが起こった。停電で家の外も内も真っ暗な中、ろうそくの炎を見ながら、うとうとと眠りかけたときだ。夢なのか現実なのか曖昧《あいまい》な意識の中、野球ボールくらいの大きさの光が目の前に現れた。まるで火の玉のような黄白色の塊だ。線香花火が落ちる直前のように、ゆらゆらと燃え続けながらゆれている。

その光がパチンと音を立てて弾けた。

「お母さんは今、この瞬間、死んだのかもしれない」

　匡美さんはなぜかそう感じた。

　翌日、匡美さんと息子は、実家へ向かった。途中、知らない人から「今から南浜町に行くの？　今ね、私たち、見できたんだでば。あれを地獄っていうんだっちゃね」と教えられた。

　石巻湾を一望できる丘陵地の日和山《ひよりやま》に登り、海岸方向を見たとき、目の前に広がる光景に言葉を失った。見慣れた南浜町の景色が一変していた。潮風が心地よく吹く住宅街や母親とよく買い物に行っていたスーパーやコンビニは跡形もなく、道がどこにあるかもわからない。膨大な瓦礫《がれき》に埋め尽くされていた。体がガタガタと震えてきた。

　かすかな希望を感じたのは、遠くに見覚えのある実家らしき緑の瓦屋根を見つけたときだ。博子さんはつねづね、「もし津波が来たら、私は足の悪いお父さんを引っ張って二階に上げるのが精いっぱいだわ」と言っていた。

　実家の建物は残っていた。息子と一緒に瓦礫を動かしながら探したが、両親は見つからない。諦めていったん離れたあと、息子が「もう一度、見てみようよ」と促《うなが》した。

　家の奥に進むと、砂と泥にまみれた博子さんがうつ伏せで倒れていた。小さな体だった。

「いつも笑顔で楽しくておしゃれで、自慢の母でした。それがボロ雑巾のようになって倒れていたんです」

泥だらけの顔を持っていたペットボトルのお茶でそっと洗い流すと、まるで眠っているかのようにおだやかな母親の顔が現れた。

悟さんは見つかるまで十五日かかった。三月二十六日、匡美さんは、遺体安置所に貼り出された身元不明者の写真の一覧に、父親らしき人の姿を見つけてしまった。写真の整理番号は、C－1289だった。

案内され、確認した父親の姿は、裸で砂だらけだった。肌の色は浅黒く、ほおもこけていた。開いた口の中にも、鼻の穴にも、固くつぶったまぶたの中にも砂がぎっしりと詰まっていた。やさしかった父の面影を見つけるのは、難しかった。

匡美さんは今も後悔していることがある。十一日の深夜、くじけずに実家までたどり着いていたら、母親だけは助けられたかもしれない。

「両親とも死因は溺死《できし》とありました。父はそれで納得できたんです。でも、母には外傷がなかったし、表情にもがき苦しんだような跡がありませんでした。だから、津波からは逃れることができたけど、海水に浸かったことやあの夜の寒さに耐えきれず、低体温症で死んだんじゃないかと思ってしまうんです」

匡美さんは両親の夢を見て目覚めたあと、夢の続きを見たいとまた眠ることもある。会いたい一心から、ワインで無理矢理、睡眠導入剤を飲み込んだこともあった。しかし、都合よく夢に出てきてくれることはない。

「タイムマシンがあったら、ってホントに思うんです。五分でいいから、津波の前に戻してほしい。そしたら、助かる人がたくさんいるのに」

最近は、津波に襲われる夢の回数も減り、母親とおだやかな生活を続けている夢が増えてきた。両親のうち、よく夢に出てくるのは、やはり仲がよかった博子さんだ。

真っ白な空間の中で、台所からカチャカチャと食器を洗う音がする。

「ああ、お母さんがいる」

匡美さんはほっとするが、一方で、もう母親がいるはずがないということもわかっている。

ぼんやりと意識が戻ってきた匡美さんは、枕元の携帯電話を手に取る。両親が生きていたころは、不思議な夢を見ると博子さんに電話をかけ、「こんな夢を見た」とよく話していたからだ。

はっきり目覚めると、電話をかける相手がこの世にはいないことを思い知らされる。しかし、夢の中で母親が笑っていたことは素直にうれしい。「ほら時間だよ」と起こしてくれたのかもしれない。


（取材日　二〇一六年十一月十九日）

# 瀕死の母が生き返ってくれた

語り手　伊藤健人さん
聞き手　井出真奈美

東松島市《ひがしまつしまし》の大曲浜《おおまがりはま》地区に住んでいた伊藤健人《いとうけんと》さん（24歳）は、震災から六年たった今（取材時）も、亡くなった家族と津波の夢を頻繁《ひんぱん》に見ている。

津波に奪われたのは、祖父の盛雄《もりお》さん（当時75歳）と祖母のキセさん（当時76歳）、母親の智香《ちか》さん（当時45歳）、二人いる弟のうち、幼稚園児だった下の弟の律《りつ》君（当時5歳）だ。

津波に襲われる直前まで、母親は父親と電話がつながっていた。智香さんは盛雄さん、キセさん、律君と一緒に車で避難をしていた。大曲浜と内陸部を結ぶ北上運河の橋の上で渋滞に巻き込まれていたところを津波が襲った。

「後ろから波が来ている」

そこで母親の声が切れた、と父親はのちに話してくれた。

健人さんが見る家族の夢の多くは、津波で全壊した大曲浜にあった自宅で、震災がなければ、今も続いていたはずの日々だ。

夢に出てくる回数が一番多いのは智香さん、次が律君。盛雄さんとキセさんは、夢の中に「いる」感覚はあるのだが、はっきりした姿を見ることはあまりない。

「祖父母にはかわいがってもらったし、思い出もたくさんあるんです。でも、不謹慎なようですが、亡くなったのが、たとえばじいちゃんだけだったら、こんなに家族の夢は見ていなかったかもしれません。数の暴力というか、家族がいっぺんに四人もいなくなったことに、今も気持ちのどこかが麻痺《まひ》していて、四人を一人で捉《とら》えているような感覚なんです。全員に思いを馳《は》せたら、確実に心がパンクする。だから、自分の心を守るために、母の夢が多いのかなっていう気がします」

母親の夢で記憶に残っているのが、智香さんを生き返らせる夢だ。私（井出）が健人さんに夢の話を聞く一、二カ月ほど前に見たという。

場面に震災の影はまったくない。洞窟のような場所に母親が何かにさらわれたような状況で瀕死《ひんし》の状態になっている。なんとか助けたい。

「どうやって助けたかは覚えていないんですけど、助けたところで目が覚めました」

なぜこんなに亡くなった家族の夢を何度も見させられるのか。家族の夢を見た朝は憂鬱《ゆううつ》な気持ちになり、元気が出てくるのは、昼も過ぎたころだ。

「夢を見ても悲しくなるだけ。できれば、もう家族の夢は見たくない」と、健人さんは言う。

父親も頻繁に家族の夢を見ており、回数は健人さんより多い。父親が夜にうなされたり、声を上げたりする姿を健人さんは何度も見てきた。

健人さんと父親は夢を見ると、「今日は律の夢を見た」「おっかあが枕元に立ってた」「金縛りに遭《あ》った」と語り合う。

地震が起きたとき、高校二年生だった健人さんは、バンドの仲間と仙台市内にあるライブハウスにいた。地下で揺れが抑えられていたこともあり、周囲のものに潰されるかもしれないという恐怖心より、学校は休みになるのか、これからどうなるのか、という好奇心のほうが勝っていた。

しかし、一時間ほどして地上に出てみると、そのようなのんきな状況ではなかった。ガラスが散乱し、人々は混乱し、表情は恐怖で青ざめている。携帯電話のワンセグを見ると、沿岸部の岸壁にこれまで見たことのない大波が押し寄せていた。

映像には衝撃を受けたが、自宅がある大曲浜にも津波が到達しているとは、想像もしなかった。健人さんの自宅は、海岸から二〇〇メートルほどの距離にあった。

しかし、過去に津波で被害を受けたという話を聞いたことがなかったからだ。

「亡くなった家族も僕と同じような認識だったと思います。すごい地震だったから、とりあえず準備して逃げよう、くらいだったんじゃないでしょうか」

翌日、仙台から大曲浜にたどり着いた健人さんは避難所を巡り、家族を探した。その日は誰にも会えなかった。数日後、やっと父親と上の弟と会うことができた。

父親は何を思ったのか、「遺体安置所に行ってみよう」と言った。市民体育館に行くと、律君が見つかった。傷一つなく、静かに眠っているようだった。

健人さんが地元に帰ってから目にしてきた光景は、映画でも見ているかのように現実感がなかった。だが、弟の体の冷たさは本物だった。

母親が見つかったのは、一ヵ月後の四月十一日だ。そのころになると、ドライアイスを使っても遺体を保存することが難しくなり、窮余《きゅうよ》の策として土葬が始まっていた。母親はすでに土葬されていた。土から掘り起こし、棺《ひつぎ》に納め、仙台市で火葬することができた。祖父母は運河に沈んでいた車の中から見つかったが、母親はそこから二キロほど離れた場所で見つかっていたという。

健人さんが繰り返し見る、もう一つの夢は、大津波が再び自宅を襲うというものだ。

二階の自分の部屋にいると、ベランダを越えて真っ黒な津波がザバーッと襲ってくる。津波にヘドロか石油が混じっているのか、震災後、大曲浜に立つとかいだ嫌なにおいが一瞬、ふっと蘇《よみがえ》る。足元は海水に濡《ぬ》れて冷たい。いつも津波から逃げたり、のみ込まれたりするところまで見たことはない。いつも津波が押し寄せて来るところで夢は終わる。

「また、あの津波が来るのか。どれだけ破壊し尽くせば、気が済むのか。もう勘弁《かんべん》してくれ！」

目が覚めると、津波に対する怒り、自然には太刀《たち》打ちできないという恐怖や無力感が湧《わ》いてくる。

「時間がたってようやくモノクロになりかけていたものが、一気に鮮明に、夢の瞬間だけは思い出すんです」

じつは健人さんは、幼いころにも津波の夢を見ていた。その夢と震災後に見る津波の夢は、とてもよく似ている。自宅に押し寄せる波の高さが、どちらの夢も実際に津波で被害を受けた高さとほぼ同じなのだ。

当時の健人さんは、小学一年生。小学生になったからと、二階で一人で寝るようになっていた。そのせいだったのかもしれない。一階のリビングで、まだ起きている両親がどこかに消えてしまうのではないか、という不安を感じていた。

健人さんは、のどが渇いたふりをして階下に下り、両親がいるのを確かめては安心していたという。

津波で自宅も失った健人さん一家は、みなし仮設住宅のアパートをへて、健人さんが大学一年生のとき、多賀城市《たがじょうし》に転居した。そして、健人さんが大学を卒業し、市役所への就職が決まったのを機に家族全員で東松島市に戻ってきた。

市役所に勤めようと思ったのは、故郷の復興のために働きたいと考えたからだ。

だが、引っ越してきたばかりのころは、心はそう簡単には割り切れなかった。自宅のあった場所や母親たちが見つかった場所など、思い出のある地域を通ると、多賀城市に帰りたくなることもあった。

また、震災前の健人さんは、思春期ということもあり、人からの親切や思いやりを素直に受け止めることができなかった。しかし、震災を経験し、さまざまな立場の人と触れ合う中で、その気持ちは消えていった。

健人さんが二十歳になったとき、思いがけず、亡くなった母親からの手紙を受け取った。健人さんが高校生のとき、成人する子どもに向けて、親が手紙を書くプロジェクトがあった。そのときに智香さんが書いたものだった。

体に気をつけて。

夢を持って生きて。

手紙には親であれば、誰もが子どもに願う、温かな言葉が並んでいた。智香さんはホームヘルパーとして働き、自分の疲れや忙しさより、家族や介護している人たちを優先する、思いやりの深い女性だった。

「母の夢を見たときは、手紙を読み返したくなります。文章はなんの変哲《へんてつ》もないんですけど、筆跡をたどりながら手紙を読むと、母は、こんなふうにやさしい人だったなぁ、と思い出すんです。僕が地元のために働こうと思ったのも、『青い鯉のぼりプロジェクト』を始めたのも、母の影響が大きいのかもしれないですね」

青い鯉のぼりプロジェクトは、全壊した自宅の庭にあった青い鯉のぼりを「空にいる律に見せたい。きっと喜ぶ」と、近くの川で泥を必死で落とし、物干し竿に掲げたことから始まった。

憧れていた和太鼓のチームメイトに励まされ、津波で犠牲になった子どもたちと未来を担う子どもたちのためにと、プロジェクトは本格的に始動。支援の輪は全国に広がり、健人さんたちの元へ届けられる青い鯉のぼりは、年々、増え続けている。

二〇一七年五月五日の子どもの日にも、大曲浜の空には、千七百匹以上の青い鯉のぼりが、気持ちよさそうに泳いでいた。震災で亡くなった子どもたちにも見えるように、子どもたちが寂しくないように、と。

（取材日　二〇一七年七月六日、十月十六日）

# 俺がこの世にいないなんて冗談だよ

語り手　青木恭子さん
聞き手　林　真希

　東日本大震災で家族を亡くした人の中には、夢で会った記憶を書き残している人が多い。長男の謙治さん（当時31歳）を亡くした石巻市《いしのまきし》の青木恭子《あおききょうこ》さん（58歳）もその一人だ。私が夢の話を聞いている間、恭子さんは、「青木謙治へ」と表紙に書かれたA4サイズのノートをめくりながら、記憶をたどってくれた。

　謙治さんは宮城県警の警察官だった。津波に巻き込まれたのは、北上川《きたかみがわ》の川沿い。児童七十四人が亡くなり、地域も壊滅的な被害を受けた石巻市立大川《おおかわ》小学校から三五〇メートルほど上流に向かった県道上だ。住民の避難誘導のため、交通整理をしていて、押し寄せる波にのまれたらしい。

　地震の直後、恭子さんは真っ先に家族の安否を心配した。夫と両親、東京に住む長女は無事だったが、謙治さんの様子がまったくわからない。県内の電話が不通になっていたため、東京の長女を介して謙治さんや謙治さんの妻に連絡をとろうとしたが、つながらなかった。

二日目の夜、真っ暗な家の中で聴いていたラジオから、謙治さんの名前が流れてきた。行方不明者の一人だった。

「そんなわけねぇからって、はなから否定して、絶対にどこかに避難してるって思ってた。翌日、お嫁さんとも連絡がついて、聞いたら、やっぱり連絡がないって。お嫁さんもラジオを聴いてたみたい」

絶対にどこかにいる。時間がたつにつれて、その希望を持ち続けるのが難しくなっていった。いくら探しても、どこからも朗報がもたらされない。

震災から三週間たった日だった。謙治さんが遺体で見つかったという電話が県警から入った。

「悔しいよね。あのころ、火災も起きていたから避難所に行ったほうがいいと言われたんだけど、うちは津波の被害がなかったから、ずっと家にいたの。そこのセブン-イレブンのところ、急な坂になってるでしょ。あそこまで津波が来たんだよね。きれいに線を引いたみたいに、津波が来たところと来ないところがはっきり分かれたの。私たちのあたりは震災前とほとんど変わらないのに、境の向こうはとんでもないことになってて、あっち側に謙治はいた。あまりにも状況が違いすぎて、景色を見るのが本当に辛かった」

震災から一ヵ月ほどたったころ、会いたくてたまらなかった謙治さんの夢をやっと見た。

謙治さんは、家にいたとき、よく部屋着として着ていた白い半袖のTシャツに紺の短パン姿だった。恭子さんは、謙治さんの手をぐっとつかみ、「なんで？　なんで？　どこ行ってたの！　帰ってこなくちゃ駄目じゃない」と叫んだ。

つかんだ手のふっくらとした感触や温かさ、肌の色は間違いなく記憶に残る謙治さんのものだった。覚えていないわけがない。毎日、その手をつかんで、「ちょっとちょっと」と話しかけていたのだから。

謙治さんは恭子さんの必死の問いかけに、「冗談だから。俺がいないこんな状況なんて、冗談なんだからね」と答えた。

もっと話したい。そう思った瞬間、恭子さんは暗闇《くらやみ》に引き込まれた。目覚めると、寝室の天井が見えた。

謙治さんが逝《い》ってしまったのは現実だった。また辛い一日が始まる。しかし、この夢を見たときは、悲しい気持ちばかりではなかった。謙治さんを失ってから、多くの人が恭子さんを慰《なぐさ》めてくれたが、どの言葉にも癒《い》やされることはなかった。しかし、夢の中で自分がこの世にいないことは冗談と語る謙治さんの言葉は違った。

一番、聞きたかった言葉だった。誰の言葉より心に響いた。

そうだよね、あんたがいないなんて、ありえないよね。

それからの恭子さんは、謙治さんの夢を見る度にノートに書き留めていった。

震災直後から、恭子さんの時間軸は大きく変わった、謙治さんの葬儀の日や法要《ほうよう》の回数は覚えているのだが、それ以外の日はどうでもよくなってしまった。

私（林）が恭子さんの話を聞いたのは、震災から丸六年たった二〇一七年五月。桜も咲き終わったという時期なのに肌寒く、空はどんよりと曇っていた。青木さん宅に向かう途中、更地に点在する工場の間を工事車両が行き来し、一本道は砂埃《すなぼこり》が舞い上がっていた。

被災地の復興は進んでいるように見えるが、恭子さんの気持ちは、謙治さんを失ったときと、ほとんど変わらない。

「六年の時間って、なんだったのかなと思う」

そう言いながら、ページをめくり、「謙治がいることが当たり前」「いなくてはならない」「自分のそばにいるっていう状況」「謙治が車でどこかに出かけていく夢」と、夢のメモを一つひとつ読み上げてくれた。ページが少なくなってきたときだ。

「今年の一月も見てた」と、恭子さんの声が大きくなった。

恭子さんにとって、謙治さんはそばにいるのが当たり前。謙治さんに会える夢のほうが日常で自然な状態だ。だが、夢を見ている間、謙治さんが家にいるのに、「ずっと会えていない」という気持ちもある。

「だから、一月の夢でも『毎日、家に帰ってこなきゃ、駄目でしょ』って叱ったの。そしたら、謙治が泣きながら、『俺だって帰りたい』って言うのよ」

恭子さんは、「帰りたい」という言葉が悲しく、これだけは書かなければと、目覚めてすぐにノートに書き留めた。

「息子がかわいそうでね。もっと言いたいことや会いたい人、やりたいこともたくさんあったろうに……。突然ね」

謙治さんの夢は、他の夢とは明らかに違うと恭子さんは言う。夢を見ているときの自分の必死さが違うのだ。

「生きていれば、思い出って作れるじゃない。でも、私が息子との思い出をこれから作ろうと思ったら、夢しかない。夢で会ったときに何か話したり、何かを一緒に食べたり、そういうのが私の大切な思い出なの」

夢は覚えていようと強く思っても、時間がたつと記憶が薄れてしまう。それを少しでもつなぎとめたい。恭子さんの夢のノートには、「必死な母の願い」が詰まっていた。

今も息子の死を受け入れたとは言い難い恭子さんだが、思い出を人と共有することで、ほんの少し気持ちが楽になることもある。

謙治さんの告別式のときだ。謙治さんと同期の同僚が「さよならは言わないからね。俺たちが一階にいるとしたら、謙治は二階で寝てるだけ。俺たちのことちゃんと見てるし、聞こえてるよ」と弔辞《ちょうじ》を読んでくれた。

その言葉を聞き、恭子さんは、謙治さんがいなくなった寂しさを感じているのは自分だけではないと気づいた。彼なりに謙治さんを身近に、生きているように感じてくれている気持ちがうれしかった。

生前の謙治さんは明るくて元気がよく、喧嘩《けんか》をしている子どもたちがいたら、仲裁するような正義感の強い男性だった。大学に通いながら、公務員試験に備えるため、アルバイトで貯《た》めたお金で予備校に通う努力家でもあった。警察官になったことを知った近所の人から、「謙治くんに本当に合った仕事だよね」と言われたこともある。

震災のときも、逃げようと思えば逃げられたのに、きっと最期の瞬間まで避難誘導を続けたのだろう。

そんな姿を思い出すと、恭子さんは身が引き締まる。謙治さんを失ってから、人づきあいが変わり、何もかも投げ捨ててしまいそうになることもたびたびだ。しかし、そんな自分を見て、息子はどう思うだろう。きっとがっかりするに違いない。

「謙治がいなくなってから、死が身近になったの。でも、私がそばに行きたいからって命を絶ったら、きっと謙治に『なんで来たんだよ、俺だって明日も明後日も生きたかったのに、なんで勝手に来てるんだよ』って怒られる気がする。一生懸命、生きて、尊敬する謙治に認めてもらえるように頑張らないと。『お母さん、もうちょっと頑張るよ』って、最後まで生き抜こうと思う」

恭子さんが今、もっとも慰められるのは、同じように息子を津波で亡くした鈴木由美子さん（三三ページ）と語り合っているときだ。じつは私（林）が恭子さんを知ったのも、鈴木さんのお宅にお邪魔しているとき、偶然、恭子さんが寄ってくれたことがきっかけだった。

恭子さんは鈴木さんを「戦友」と呼び、鈴木さんは恭子さんを「なくてはならない存在」と話す。一緒にいるときは、二人とも心が強くなるのだろう。

「同じ痛みを本当の意味でわかってるから。これぱっかりは、経験した人でないと絶対にわからない。ナイフで刺された痛みは、刺された人にしかわからないのと同じ。支え合ってなんとか保ってるよね」

恭子さんは隣にいる鈴木さんを見て、小さく笑った。

恭子さんに夢をどう考えているか、聞いてみた。

「夢をね、壊さないでほしい。テレビ番組なんかでも、科学者が脳の働きのせいとか解説するけど、最後に司会の人が『科学でも解明できないことがあります』と言ったりするじゃない。私たちは、それを信じてる。理屈じゃないのよ」

（取材日　二〇一七年五月九日）

# 暗闇に響く「助けて」の声

語り手　菊地康宏さん
聞き手　佐々木大樹

「助けてください。動けないんです」

女性の声がする。周囲は真っ暗で何も見えない。

石巻市渡波町《いしのまきしわたのはちょう》で学習塾を経営する菊地《きくち》康宏《やすひろ》さん（52歳）は、東日本大震災の直後から最近まで、この夢を繰り返し見ている。とても短い。しかし、見る度にうなされた。声の主は、震災の夜、海水の中を歩いていたときに聞いた女性のものに違いない。

康宏さんは地震が起きたとき、渡波町の自宅から西に五キロほど離れた海沿いの湊《みなと》にある友人の家にいた。体験したことのない大きな揺れに最初は何が起きたのか、よくわからなかった。

揺れが収まったとき、ようやく巨大地震と気づき、慌てて自宅へ車で戻ることにした。帰り道の途中、妻の実家に寄ってみると、義父母が倒れた下駄箱や散乱した食器を片づけていた。康宏さんは、二人に「ケガをすると大変だから、あとで僕が来ますから」と言い残し、自宅へ向かった。

カーラジオは、大津波が来ると何度も警告していた。しかし、大津波と言われても、どんなものなのか、予想できなかった。

自宅に着くと、康宏さんは両親と伯母を近くの指定避難所に連れて行った。その後、もう一度、自宅に戻り、待っていた妻と一緒に妻の実家へ向かった。途中、近所の人たちが「女川《おながわ》は屋根まで津波が来たらしいよ」と話している声が聞こえた。康宏さんには冗談にしか思えなかった。

妻の実家に到着した。義父の車が駐車場の真ん中に止まっていたため、駐車できない。ちょうど玄関に義父が出てきた。

「お父さん、車、ちょっと詰めてもらえますか」と康宏さんが声をかけた瞬間、義父が叫んだ。

「来たぞ!」

康宏さんは後ろを振り返った。三メートルほど先に海水が押し寄せていた。波は海水浴に行ったときに見る程度の高さで、それほど恐ろしい感じがしない。家の中に目を向けると、妻が犬を抱えて階段を駆け上がっている。

「何やってるの！　早く来て！」

妻が叫んだ。その声に促《うなが》され、義母と義父が階段を上がっていった。このときになっても、康宏さんは「靴のまま上がってもいい？」と聞くくらい危機感がなく、なぜ妻が怒鳴っているのか、わからなかった。

靴を履《は》いたまま家に入るなんて外国映画みたいだ、と少しウキウキしながら二階に上がると、ベランダの外を三人が見ている。康宏さんも見てみると、ベランダの真下から向こうは一面、水が広がり、波が立っていた。

「僕が階段を踏みしめながら上がった時間は、数十秒足らず。その間に津波が一気に押し寄せたんです。あとで聞いたら、義父が玄関で叫んだとき、妻は二〇〇メートルくらい先の道路を走っていた車が津波に持ち上げられ、すーっと浮くのを見たんだそうです。それで、ただごとじゃないと気づき、私たちに逃げるように叫んだんです」

人は想像を超える光景を目撃したとき、理解するまで時間がかかるものなのかもしれない。このとき、康宏さんは自分たちが死ぬかもしれない、とはまったく考えなかった。妻の妹にこの光景を見せたいと、携帯電話で写真や動画を撮ったり、流れてくる魚を箒《ほうき》の柄でたたいたりしていた。

しかし、そんな余裕も次第になくなっていった。押し寄せて来る津波に冷蔵庫や机、壊れた家の柱など、大きな瓦礫が大量に交じるようになってきた。車も流れてきた。人が乗っている。隣の家にぶつかって止まった。康宏さんはとっさに屋根に出て、隣の家の屋根に飛び移った。車の窓を棒で叩きながら、「窓を開けろ!」と叫んだが、運転手はハンドルを握ったままキョロキョロと周囲を見回すばかりだ。康宏さんにまったく気づかない。

足元が揺れ、目の前の景色が動いた。隣の家が津波に流され始めていた。

「まずい!」

康宏さんは元の場所に戻った。車は隣の家とともに内陸のほうへ流されていった。

康宏さんは、ようやく自分たちが危険な状態にあることに気づいた。

津波が康宏さんたちを二階に閉じ込めてから、十五分か二十分ほどたったころだ。義母が「階段があと五段しかない」と叫んだ。津波の水位がひたひたと上がってくる。四段、三段、あと二段、というところで津波の勢いは止まった。

ほっとしたのもつかの間、窓の外に大型トラックが波に乗って迫ってくるのが見えた。トラックがぶつかったら、隣の家と同じく、この家もひとたまりもなく押し流されるだろう。

義父がベランダに出て、「最後の一服だからつきあえ」と煙草《たばこ》を一本差し出した。康宏さんは三年前に禁煙していたが、義父につきあった。トラックはゆっくりと向かってくる。あのトラックがぶつかったら終わりだ。

康宏さんは煙草を吸い終わると、部屋の中に戻り、ベッドの下からコルク板を二枚引っ張り出し、気休めかもしれないが、義父母につかまるように差し出した。

しかし、義父は煙草を吸いながら、「いや〜、俺の人生、好き勝手やらせてもらったから楽しかった。だけど、お前たちは気の毒だなぁ」などと言い始めた。

「いや、俺、お義父さんと一緒に死ななきゃいけないの？って思いましたよ。あのときは、不思議とみんな冷静になっちゃって、僕も財布から免許証を出してジーンズのポケットにしまったりしたんです。財布に入れたままより、流れにくいし、死んだあと、身元がわかるでしょ？」

死を覚悟した康宏さんたちだったが、運が味方した。トラックが倒れた電柱から伸びていた一本の電線に引っかかり、向きを変えたのだ。

康宏さんたちは、助かった。もう津波で死ぬことはないだろう。とにかく今晩を乗りきれば、なんとかなる。

一息ついたころに窓の外を見てみると、津波の流れは収まりつつあったが、周囲に生き物の気配がない。ちゃぷちゃぷという波の音だけが聞こえる。まるで世界に康宏さんたち四人しかいないような静けさだった。そのときだ。

「助けて〜」

幼い声が聞こえた。外は薄暗くなっていた。目をこらしてみると、少し先の屋根の上に子どもが二人いる。ベランダに出ると、雪が降り始めていた。

「がんばれよ！　誰か助けに来るからな」

康宏さんは声をかけ、部屋の中に戻った。闇が深くなってきた。「助けて〜」という声は相変わらず、続いている。康宏さんは迷った。薄着の子どもたちが雪の降るなか、一晩、外で過ごしたらどうなるか、結果は明らかだ。

「正直に言うと、そのとき助けに行かなきゃ、っていう気持ちはさらさらなかった。トラックがぶつからずに命拾いしたのに、なんで自分から命を捨てに行かなきゃならないんだって思ってた。だけど、誰も助けに来る気配がないんだよね。ああ、俺はハズレくじを引いたんだな、って思ったよ」

康宏さんは妻と義父母に「俺が行くしかないよね」と言った。止められると思った。しかし、妻たちは「気をつけて行ってきてね」と送り出した。

浸水している階段を下りていくと、あるはずの玄関がなく、外の景色が見えた。トラックと津波が階下の一部だけ残して破壊していた。

波に巻き込まれないように、康宏さんは子どもたちがいる屋根の下まで慎重に歩いて行った。屋根の上で震えていたのは、小学六年生と三年生の姉妹だった。二人に「下りて来い」と声をかけると、「三人います」という予想外の答えが返ってきた。

康宏さんは迷った。自分がうまく呼吸できなくなっていることに気づいたからだ。低体温症になっているのかもしれない。子どもを助けるどころか、自分の身が危ない。三人とも置いて、戻ってしまおうか。そうすれば、自分が助けに来たことは永遠にわからないだろう。そんな考えも頭に浮かんだ。

「でも俺、学習塾で子どもたちに、いつも『死ぬ気でやれよ。死ぬ気っていうのは限界までやることだぞ』ってハッパをかけてたんだよね。それなのに、いざとなったら自分は逃げるのか、と考えたら、やっぱり助けなきゃ、って思ったんだ」

康宏さんは一人を肩車し、二人を両脇に抱えたときだ。

「水、あったかい」

子どもの一人が言った。康宏さんは、「もっと早くに助けに来ればよかった」と後悔した。行きに比べ、波に乗って戻れる帰りは楽だった。あと少しで家に戻れる、と思ったときだ。左側の先のほうから女性の声が聞こえてきた。

「助けてください。動けないんです」

康宏さんは、即座にこう答えてしまった。

「ごめんなさい」

なんとむごいことを言うのか。康宏さんは悔やんだが、子ども三人を抱え、寒さで体力も限界の自分に何ができるだろう。

子どもたちを妻の実家に引き上げ、康宏さんの救出活動は終了した。

康宏さんが夢でうなされていたのは、このときの女性の声だ。それからしばらくして、康宏さんは、声をかけられた方向から、女性の遺体が見つかったと聞いた。亡くなった女性の身元も遺族の住所もわかった。

震災翌日からの康宏さんは、生活を立て直すので精いっぱいだった。三ヵ月後には、学習塾を再開した。震災で休校が続き、子どもたちは勉強ができなかったからだ。女性の遺体が見つかったあたりは、避けて通っていた。

夢で女性の声にうなされていた康宏さんは、心配した妻に救出の最中にあったできごとを打ち明けた。妻は康宏さんの苦しみを、一緒に受け止めてくれた。

震災から一年後、康宏さんは勇気を出して、女性の遺族に会いに行った。助けられなかったことを謝りたかった。仏壇に手を合わせたあと、康宏さんは女性の夫に震災の日の一部始終を伝えた。すると夫は「妻の最期を聞けてよかったです」と、想像もしなかった言葉をかけてくれた。

女性は、旅行やお酒が好きな明るい性格だった。夫が今、住んでいる家は、女性が設計したものだった。基礎工事の最中、震災が起きた。女性は新しい家で楽しく生活することを何よりも望んでいた。だから、夫は完成した家で、いつも笑顔で暮らそうと決めたのだという。

「菊地さんも晩酌《ばんしゃく》をするときは、妻のために一杯、多く飲んでください。これからの人生、妻の分も楽しく遊んでください」

康宏さんは、この言葉に救われた。震災以降、元の生活を少しずつ取り戻す喜びを感じる度に、女性を思い出し、その資格があるのかと自分を責めていたからだ。

女性の夫と話をしてから、康宏さんが見る夢は、震災前とほぼ変わらなくなった。トイレに行く夢を見て目が覚めると、尿意を感じていたり、といった誰もが見るような夢だ。それでも時折、夢の中で女性の声だけが聞こえてくることがある。

今、康宏さんと女性の夫は、仲のよい飲み仲間だ。助け出した三人の子どもたちが、避難所で家族と再会したのを見届けられたのも、康宏さんの心の支えになった。

康宏さんは、震災から三年ほどの間、亡くなった友人の夢も繰り返し見ていた。一緒に酒を酌《く》み交わしていたり、休日にバーベキューをしていたり、震災前は当たり前のように続くと思っていた日々の夢だ。

「ある日を境に友だちや町がこの世から消えてしまっても、なかなか受け入れられないものなんだね。震災から一年くらいは、亡くなった友だちが乗っていた同じ車とすれ違うと、『あ、あいつかな』と思ってたし、妻に『あの店で買えばいいよね』なんて、津波に流された店のことを、まだあるかのように話してた。失ったものの存在感が消えるのは、夢のほうが遅かったな。三年くらいは、友だちが元気に過ごしてたり、自分が震災前の町に生きているような夢を見てたよね」

今も三月十一日を過ごすのは苦手だ。三月に入ると、突然、マスコミが震災特集を組むのも苦々しく思っている。康宏さんのように、命の瀬戸際で震災を経験した人間にとっては、亡くなった人へ思いを寄せ、祈ることは、毎日のことだからだ。

康宏さんは毎朝、当時を思い出しながら、亡くなった人に手を合わせる。そして、震災の日だけ黙禱《もくとう》を捧げたり、手を合わせたりする人と一緒にされたくないと、三月十一日の前後は県外へ旅行に出かける。

死ぬ限界はどこにあるのか。塾の生徒たちにずっと言ってきた言葉を康宏さんは、ときどき考える。それは亡くなった人にしかわからない。たぶん、死んでから、「あそこが限界だった」と気づくものなのだろう。

（取材日　二〇一七年五月二十七日）

# 柔らかく温かい妻のキスに励まされて

語り手　阿部 聡さん
聞き手　板橋乃里佳

石巻湾《いしのまきわん》に面した東松島市大曲《ひがしまつしましおおまがり》に生まれ育った阿部聡《あべさとし》さん（39歳）は、父親の誠さん（66歳）と一緒にキュウリとトマト、花《か》きの栽培農家を営んでいた。高校を卒業後、いったんは一般企業に勤めたが、十年ほど前、結婚を機に家業を継いだ。

震災当日も、ハウスでキュウリの世話をしていた。

地震の揺れが収まると、聡さんは、妻の妙恵《たえ》さん（当時34歳）と長女の夏海《なつみ》ちゃん（当時10歳）、長男の壱輝《いっこう》君（当時9歳）、次女の美命《みこと》ちゃん（当時5歳）、祖母のたつ子さん（当時82歳）を自宅近くにある指定避難所の大曲地区コミュニティセンターに向かわせた。

聡さんと誠さんは、電気が止まったハウスに留まり、温度を一定に保つため、キュウリにビニールをかける作業を続けた。欠品に厳しいスーパーへの出荷が決まっていたため、収穫を放り出せなかった。このときの聡さんは、津波は来るかもしれないが、せいぜい田畑が水浸しになるくらいだろうと考えていた。

だんだん足元の土がぬかるんできた。液状化しているのか、と思いながらも、作業を続けた。先にハウスの外に出た父親が大声で叫んでいる。聡さんは誠さんと毎日のように口喧嘩《くちげんか》をしていたので、また何か怒っているのだろうと気に留めなかった。

作業を終えて外に出てみると、目の前に黒い壁となった波が迫っていた。家の残《ざん》骸《がい》やタンクローリー、自家用車、大型タイヤ、防風林の松の木が波と一緒に押し寄せてくる。誠さんは、ずっと「津波だ！」と叫んでいたのだ。

聡さんは慌てて誠さんを肩車し、電信柱の一番高いところまで登らせた。その瞬間、津波が襲いかかった。津波は浜辺から一・五キロほど離れていた聡さんの畑でも二・五メートルに達した。

聡さんはひとたまりもなく津波にのまれた。聡さんは浮き沈みしながら、濁流《だくりゅう》の中を泳いだ。津波に押し流されるようにたどり着いた民家の窓ガラスが波の勢いで運よく壊れ、一階に転がり込むことができた。目の前に階段があった。はうようにして二階に上がった。聡さんは助かった。

身の安全が確保されると、妙恵さんたちが心配になった。以前から何かあったときは、災害伝言ダイヤルにメッセージを残すように家族で決めていた。

「みんな無事です」

妙恵さんからのメッセージが入っていた。今、一番、危険なのは避難が遅れた父親と自分だけだ。聡さんはそう思った。

しかし、現実は違った。

震災から二日後、聡さんは逃げ込んだ民家から地元の消防団に助け出された。腕をケガしていたため、小学校で手当を受けるように勧められた。

避難者でごった返す小学校の体育館に行ってみると、子どもの友だちの母親がいた。

「あんたんところの奥さんと子どもさん、ダメだったね」

聡さんは何を言われているのかわからなかった。妻と子どもは無事のはずだ。伝言ダイヤルにメッセージが残っていたのだから。

体育館を探し回ったが、どこにも家族の姿がない。それどころか、知り合いに会うたびに「残念だったね」と声をかけられた。

もしかして、まだ避難したコミュニティセンターに残っているのではないかと向かったとき、父親の誠さんとばったり会った。

「チビども、駄目だったんだ」

誠さんは泣きながら言った。それでも信じられない聡さんは、コミュニティセンターを目指して駆け出した。

コミュニティセンターは建物が崩壊し、瓦礫《がれき》が散乱していた。避難していた人の半分以上が亡くなっていた。

呆然《ぼうぜん》としている聡さんの目の前で、自衛隊が長女の夏海ちゃんの遺体を見つけた。壱輝君は民家の軒下で、美命ちゃんは壱輝君が見つかった場所から二〇メートルほど離れた雑木林の中で、妙恵さんと祖母のたつ子さんとは遺体安置所で再会した。

「遺体安置所で探していたとき、ものすごい数のご遺体が並んでいる間に、見覚えのある妻の鞄《かばん》が置いてあって、『ああ、見つかったんだな』って顔を見たら、やっぱり嫁さんだった。涙も出なかったですよね」

それからの聡さんは毎日、死ぬことだけを考えるようになった。

八人家族で残ったのは、自分と父親だけ。何よりも大切だった妻と子どもたちを失ってしまった。畑は水没し、農業設備も壊れた。仕事もお金もない。

「死のう、死のう」

聡さんの頭には、この言葉しか浮かんでこなかった。

聡さんは一階が被災した自宅の二階を片づけて、一人で暮らした。避難所に行けば知り合いが何人もいる。家族の団らんを見るのが辛い。同情されるのも苦しい。

毎晩、窓を開けて「チキショーッ！」と、明かり一つない真っ暗な外に向かって叫んだ。

唯一、聡さんが会うのは、同じように家族を亡くした友人たちだった。彼らと毎晩、酒を飲み、ともに涙を流すことしかできなかった。

震災直後は、妻と子どもたちが毎晩、夢に出てきた。みんなで買い物に行ったり、旅行をしたり、楽しかった思い出ばかりだ。ときには「あっちに行っては駄目」と会話をしていることもあった。

津波の夢も頻繁《ひんぱん》に見た。辛かったのは、たどり着いた民家で過ごした震災の晩を思い出す夢だ。あの夜、聡さんは民家の二階で震えながら、真っ暗な外から「助けて～」という声を聞いた。それも一人、二人ではない。何人もの声がする。

「その人たちの行方はわからない。今でも大丈夫だったのかなって思ってる。夢に見るのは、助けられなかったことが、やっぱりものすごく悔しかったんだろうね」

妙恵さんが一人で夢に出てきたのは、そんなときだった。二〇一一年四月ころのことだ。妙恵さんは白い空間に立っていて、怒っていた。怒鳴っているが、言葉はよくわからない。妙恵さんは生前も聡さんを叱ることがよくあったが、夢の中の妻は、まるで鬼の形相《ぎょうそう》だ。

夢が途切れそうになる寸前、妙恵さんが唇にキスをしてきた。柔らかく、温かかった。懐かしい妻の唇だ。

目覚めてからも、その感触は聡さんの唇に残っていた。ぼろぼろと涙がこぼれ、怒りがこみ上げてきた。

「なんで千年に一度の地震が今、来るんだ。自分だけがなぜこんな思いをしなきゃならないのか、悔しいし、腹が立つし、誰にも復讐《ふくしゅう》できないから、海辺までわざわざ行って、土嚢袋《どのうぶくろ》をぶん投げたりしたよ。でも、嫁さんは俺が下を向いて、死ぬことばっかり考えていたから、『しっかりしろ』って夢に出てきたのかもしれないね。『さよなら』って言われたようなキスだった」

妻の夢をきっかけに、聡さんの中に悔しさを何かにぶつけたい、という思いが生まれた。

ちょうどそのころ、一人の男性に出会った。彼も津波にのまれて助かっていた。前年に投資し、収穫直前だったイチゴ用ハウスを津波で流されていた。自暴自棄《じぼうじき》になっていた聡さんと違い、彼はコツコツとハウスを修繕《しゅうぜん》していた。男性は、「やることがないなら、手伝ってくれないか」と声をかけてきた。

「俺はこの十年、農業しかやってこなかった。家に戻ったとき、一生、農業をやるって腹をくくってたんだよ。もっと規模を大きくしたいって設備投資もしてさ。だから津波で失ったのもショックが大きかった。でも、俺ができることといえば、農業しかない。子どもたちも失ってしまったし、何かを伝えていくとしたら、農業だけだったんだよね」

聡さんは男性と一緒にイチゴの生産に取り組み始めた。二〇一一年の暮れには、同世代の二人も加わり、農業法人「イグナルファーム」を立ち上げた。「イグナル」とは東北の方言で「良くなる」の意味だ。聡さんはじゃんけんの結果、社長になることが決まった。

がむしゃらに働き始めた聡さんだったが、震災から二年ほどは仕事が終わると、意識を失うまで酒を飲み続けた。

そんなとき、今の妻の真紀恵さん（28歳）と出会った。明るい性格の真紀恵さんと過ごす時間は、聡さんを慰《なぐさ》めてくれた。こんなに早く再婚してもいいものか迷ったが、娘の誕生が後押しした。

今、聡さんは妻と娘と落ち着いた生活を送っている。気がつくと仏壇が整えられ、お茶が供えられていたり、お墓参りをすると花が新しいものに変えられていたりするのは、真紀恵さんの心遣いだ。聡さんは、なかなか面と向かっては言えないが、静かに見守ってくれている真紀恵さんには深く感謝している。

聡さんは、今も月に一、二回は、妙恵さんたちの夢を見る。夢の妙恵さんたちは、亡くなる前の姿そのまま。場面も震災前の日常だ。

目覚めたときに感じるのは、悲しさや悔しさ。なぜあのとき、キュウリの世話を優先してしまったのか。

「夢にも出てきてほしくない？」

そうたずねると、聡さんは首を振った。

「会うと悲しくなるけど、出てきてほしいっていう気持ちもある。複雑だね。自分でもどっちかよくわからない」

（取材日　二〇一七年七月十六日）

# 死んでいく弟、自分を起こす弟

語り手　佐藤修平さん（仮名）
聞き手　阿部穂乃香

私が佐藤修平さん（22歳）に話を聞いたのは、二〇一七年五月。今では震災の影がまったく感じられない仙台駅前のスターバックスだった。

仙台市出身の私（阿部）も、三月十一日のあの日、長く続く大きな揺れに恐怖を感じ、自分は死ぬかもしれないと本気で思った。避難所になった学校で一晩、家族と過ごし、その後、しばらくは食料や水の調達に奔走した。

私でさえ、あの体験は二度としたくないと思っているのに、小学二年生だった弟の雄太君（仮名）を失った修平さんの話は、私とは比べものにならないほど、辛いものだった。

でも、夢の話も聞かなければ。踏み込んで聞いていいものか、迷いながらも、思い切ってたずねると、修平さんは不思議な話をしてくれた。

「弟が生きていたころ、震災の二年前くらいからかな、弟が死ぬ夢を半年に一回くらい見ていたんです。震災の一年前は三カ月に一回くらいの頻度《ひんど》で見てました」

夢の中の雄太君は、棺《ひつぎ》のような神輿《みこし》のようなものに座っている。その姿は、まるで生け贄《いにえ》のようだ。雄太君は亡くなったときより幼く、小学一年生か幼稚園児くらい。ちょうど、修平さんが夢を見始めたころの年齢だ。

棺か神輿のようなものに乗せられた雄太君は、大勢の人たちに担がれ、家から運び出されそうになっている。

修平さんは毎回、そこで目が覚めた。起きると、朝日が差し込んでいる時間なのも、いつも一緒だった。

なぜ、夢の中で雄太君が死ぬとわかるのだろうか。

「今から死にますって宣告されているような気配を感じるんです。会話はないんですけど、雄太を囲んでいる人たちが『これから死にに行くんだよ〜』と言っているように感じたんです。私は止めたいのにどうしても止められなくて、雄太は大名行列みたいに、たくさんの人に運ばれていきました」

雄太君を運ぶ人たちに見覚えはなく、夢を見ている時間はとても長く感じた。

目覚めた修平さんは、ぞっとしながら、毎回、別の部屋で寝ている弟の姿を確かめに行った。雄太君はいつもと変わらず、ぐっすりと眠っていた。

「なぜそんな夢を見るのか、不思議でした。弟が体調を崩した時期があったので、その影響なのか、それとも事故に遭《あ》う予知夢なのか、とか考えたり。でも、そんな夢を見ても弟は元気でしたから、深く考えなかったんです。今は、予兆だったんだって確信してます」

震災後、修平さんは、雄太君が亡くなる夢を見ることはなくなった。その代わり、見るようになったのは、震災前の日常風景だ。

津波で流されてしまった懐かしい我が家に家族が全員、揃《そろ》っている。そして、修平さんは、まるでテレビドラマを見ているように、家族の姿を眺めている。

「家族の夢を見ているとき、私は自分の部屋にいるんです。だけど、家族の様子は見えている。みんなから私の姿は見えてないと思います。夢の中で、家族は自分のやりたいことをやっているんです。雄太も遊んでいたり、元気な姿です。みんなでひなたぼっこしたり、家族で話をしていたり、震災前の本当にごく普通の一日でした」

家族の夢はいつもぼんやりとしていて、自分の記憶をたどっているかのようだ。震災後に転居した新しい家が出てきたり、雄太君が成長していたり、逆に幼くなっていたり、ということはない。

夢を見ている間、修平さんはとても気持ちがいい。雄太君が亡くなっていることも、夢であることもわかった上で、家族全員で過ごす時間を思いっきり楽しんでいる。

一週間に一度くらいの頻度で、雄太君が一人で夢に出てきてくれることもある。雄太君は夢の中で、修平さんの顔を触《さわ》って起こそうとしてくれる。

生前の雄太君は、やんちゃな男の子だった。お兄ちゃんが大好きで、よく修平さんの真似《まね》をしたがった。寝ている修平さんの体の上に飛び乗って起こすこともあった。しかし、夢の中の雄太君はとてもやさしい。顔を小さな手で目いっぱい触りながら起こしてくれる。

なぜ雄太君が夢に出てきて起こしてくれるのか、理由はわからない。ただ、修平さんが慌ただしく過ごす日に見ることはなく、ゆっくり休めた夜に出てくることが多い。

修平さんは、震災前に見ていた雄太君が亡くなる夢を、長い間、誰にも話さなかった。家族に打ち明けたのは、震災から二年ほどたったころだ。両親は修平さんの話をすんなりと受け入れてくれた。

震災前から、佐藤家では夢の話をよくしていた。夢は何かの前兆という共通認識があったからだろうと修平さんは言う。

「悪い夢を見たときは、朝、仏壇に手を合わせていけよって、小さいころから、家族によく言われてたんです。親戚との間でも、誰かが亡くなったり、体調が悪そうだったりする夢を見たら、『夢に出てきたから、気をつけて』という意味で、その人に伝えるのが当然のようになっていました。でも、私は雄太が連れ去られる夢を見たとき、仏壇に手を合わせたりはしませんでした。夢が現実になってほしくなかったし、弟が生きていれば大丈夫って思い込みたい気持ちもあったからです」

そして、両親に雄太君が連れ去られる夢の話を打ち明けたころから、修平さんの気持ちに変化が出てきた。

修平さんは、震災で雄太君を失ってから、それ以上、辛いことが入ってこないように、心の動きをどこかで止めていた。しばらく暮らしていた避難所で黙々と炊き出しや瓦礫《がれき》の撤去作業を手伝っていたのも、忙しく過ごすことで、何かを深く考える時間を持ちたくなかったからだ。

「そんな無理が溜《た》まりに溜まったんでしょうね。追い詰められて、精神的に病んでしまった時期があったんです。自分が生かされている意味がわからなかった。なぜ弟は死んで、俺は生き残ったのかって」

雄太君が連れ去られる夢の話を、誰にも言わなかったことも後悔した。予想を遥《はる》かに超える災害に、「たられば」の話は難しい。たとえ、家族に夢の話をしていても、雄太君は助からなかったかもしれない。それでも、話をしておけば、生死の歯車を壊すことができたかもしれない。その悔しさを修平さんは消すことができなかった。

そんな修平さんをやわらかく包み、心をほぐしてくれたのは、小学校時代の恩師だった。震災から四年後、雄太君の誕生日に電話をくれた。

「悲しみを誰かと比べる必要なんてないんだよ」

恩師はそう言ってくれた。我慢していた涙が、封じ込めていた感情とともに一気にあふれ出した。

今の修平さんは、家族が出てくる夢を見ると、内容がどんなものであっても、「頑張れ」と応援されているように感じている。行くべき方向を見失っているときや、まだ頑張れるのに頑張れていないと感じるときに、夢を見るような気がするからだ。夢を通じて、なんらかの使命感を感じるのだという。

修平さんは夢について、こんなことも話してくれた。

私（阿部）が夢という捉《とら》えどころのないテーマをどうまとめていいか悩んでいる、という話をしたときだ。課題を与えられてから、十人以上の人を訪ね歩いていたが、夢を見ていないという人も多く、夢の話を聞く意義がよくわからなくなっていた。

修平さんは、被災地には夢の話を必要としている人がたくさんいるはず、と言った。

「夢の話なんて家族以外にはしないはずなんです。ましてや取材とか、よほど仲よくなった記者に聞かれでもしない限り、話さないだろうから、表には出ないと思います。でも、夢の話は絶対に誰かのためになる。被災地で声を出せない人に夢の話が届いたら、心の復興を助ける一つにはなると思うんです」

私ははっとした。本書には収録できなかったが、同じ言葉を他の方からも言われていたからだ。金菱ゼミの夢の調査はきっと誰かのためになる。そう信じよう。

（取材日　二〇一七年五月十一日）

# 二章

# 小さな魂たち

# 私たちを忘れないで

語り手　只野哲也さん
聞き手　會川　樹

石巻市立大川小学校《いしのまきしりつおおかわ》は、津波に襲われた地域の中でも、犠牲者の多くが子どもだった点が他の場所とは大きく違う。全校生徒百八人のうち、津波が押し寄せたとき、残っていた児童は七十八人。避難が遅れ、北上川《きたかみがわ》からあふれた一〇メートルの津波から逃げられたのは、わずか四人だった。

私（會川）が話を聞いた只野哲也《ただのてつや》さん（17歳）は、助かった児童の一人だ。哲也さんは、大川小学校関連のニュースで取材を受けることも多いため、テレビや新聞で見たことがある人もいるのではないだろうか。

大川小学校を、津波の脅威《きょうい》と悲劇を象徴する震災遺構《いこう》として遺《のこ》すかどうか、遺族や地域住民が侃々諤々《かんかんがくがく》の話し合いをしていたころ、哲也さんは津波に巻き込まれた当事者として、「遺してほしい」と会議で発言したこともある。

震災当時、小学五年生だった哲也さんも、取材時には高校二年生になり、柔道部の主将として全国出場を目指すほどに成長していた。がっちりした体格で、受け答えも頼もしく、将来は消防士になりたいという夢を抱いていた。

哲也さんは津波で、母親のしろえさん（当時41歳）、妹の未捺《みな》ちゃん（当時9歳）、祖父の弘さん（当時67歳）を亡くした。小学三年生だった未捺ちゃんは校庭から一緒に避難したが、助からなかった。

哲也さんが見た震災の夢は、津波に巻き込まれ、気絶していたときが最初だ。津波が襲ってきたとき、哲也さんは必死で小学校の裏山に向かった。山を登り始めた瞬間、大勢の人からバンッと押されたような衝撃を感じ、頭から水をかぶった。近くの木にしがみついたが、土の中に押し込められるような激しい衝撃を感じて気を失った。気づいたときには山の斜面に倒れていた。

「うっすらとした記憶なんですけど、二階にある自分の部屋で布団に潜り込んで寝ているんです。津波にのまれたのは夢だったんだ、と夢の中で思っていて、部屋を出て階段を下りようとしているのに下りられない。目の前が青白いような、色がないような、空間もないような感じでどこにも行けない。下りられないし、どうしようと思ったら目が覚めて、『ああ、夢だったのか』と思ったんです」

石巻湾近くの会社に勤めている父親の英昭さん（45歳）と、避難所で再会できたのは、二日後の三月十三日。父親は借りた自転車で、大量の瓦礫《がれき》が積み重なる一六キロの道を走り、ときに押し歩き、たどり着いた。

「いつも強いおっとうの涙を初めて見た」

家族を失った父親を見て、哲也さんは当時の取材にそう語っている。

震災直後によく見たのは、妹と遊んでいる夢だった。

「学校だったり、家の近所だったり。亡くなった友だちが一緒に出てくることもありました。震災前はそうやって妹や友だちとよく遊んでいたので、夢を見ているという感覚はなくて、目覚めてから、夢だったのかとがっかりしました」

回数は減ったが、今も未捺ちゃんの夢をときどき見る。夢の中の妹は、亡くなったときと同じ小学三年生の姿。しかし、場所は今の家だ。哲也さん一家は、震災の年の十二月、高台に家を新築している。

「妹が今の家に違和感なく溶け込んでいるんです。高校生になった僕もいて、一緒に普通に暮らしている。テレビドラマの一場面を見ているような感じです」

妹が夢に出てくるのは、部活や勉強で疲れているときが多い。とくに柔道の試合の前夜、哲也さんは必ず柔道の夢を見るのだが、応援席に未捺ちゃんとしろえさんがよくいるという。生前の二人は、哲也さんの応援に行くのを楽しみにしていた。

「たぶん、妹は『頑張れ』って、励ましてくれているんでしょうね。柔道の試合の前に二人が出てくるのは、今でもちゃんと僕を見てくれているからだと思っています」

避難所にいたときは、祖父の夢もよく見た。弘さんは猟友会に入っていて、カモ猟などをしていた猟師であり、北上川で魚やシジミを捕《と》っていた漁師でもあった。哲也さんは、そんな弘さんと震災前のように、カモ猟について行ったり、一緒に漁をしたりする夢を見ていた。

しかし、妹や祖父の夢も遺体が見つかってからは、見る回数がぐっと減った。

「二人が生きていたころの記憶が曖昧《あいまい》になってきたことが、減った理由かもしれない」と哲也さんは話す。

震災直後から、よく夢に出てくる妹や祖父に比べ、登場回数が少ないのが母親だ。哲也さんはしろえさんと地震の直後に大川小学校の校庭で会っている。哲也さんと未捺ちゃんを車で迎えに来たしろえさんだったが、家のことが気になったのか、二人を置いて自宅に戻って行った。おそらく、その帰り道に津波にのまれたのだろう。

哲也さんは、最後に交わした会話が忘れられない。小学校のヘルメットをかぶっていた哲也さんは、自宅に戻ろうとする母親を心配し、ヘルメットを渡そうとした。しかし、しろえさんは、「危ないから、かぶっていなさい」と受け取ろうとしなかった。

「すぐ戻るからね」

それが「おっかあ」の声を聞いた最後になった。

哲也さんは津波に巻き込まれたとき、顔に大けがをした。しばらくの間、物が二重に見えるほどの打撲《だぼく》だった。しかし、ヘルメットのおかげで、頭は守られた。哲也さんは、「おっかあが守ってくれた」と思っている。

そんなしろえさんが夢にはあまり出てこない。じつは哲也さんは、生前のしろえさんを少し煙《けむ》たく感じていた。思春期に差し掛かっていたせいもあるだろう。

「母には毎日、いろんなことをくどくどと言われていました。怒ると怖くて、僕が母の言いつけを守らなかったときには、ゲーム機を真っ二つに割られたこともあるんです」

夢に出てこないのは、そんな関係が影響しているのだろうか。あるいは、今の哲也さんにしろえさんは安心し、伝えたいことがないのかもしれない。だからこそ、哲也さんは、「母が夢に出てきたら、それは僕が大変な状態」と考えている。

一方で今もときどき見るのが、友だちの夢だ。

最近は、高校で授業を受けている夢を見た。教室には亡くなった小学校の友だちが大勢いた。現実と違っていたのは、哲也さんが通っている高校の制服ではなく、男子は学生服を、女子はセーラー服を着ていたことだ。友だちはお互いをニックネームで呼び合い、おしゃべりを楽しんでいた。

哲也さんは、友だちが楽しそうな様子を眺めているだけだった。彼らとは会話をすることも、一緒に遊ぶこともなかった。

「今でもはっきり覚えているくらい、友だちの夢にはインパクトがありました。この夢を見て以来、僕は高校生活をもっと大切にしよう、できることはどんどん挑戦していこうと思えるようになったんです」

巨大津波に襲われる恐怖と家族や友だちを失う体験を同時にした哲也さんには、悪夢はないのだろうか。たずねると、やはり震災直後は、津波にのまれる夢を何度も見ていたという。

よく覚えているのは、いきなり何かに押しつけられ、苦しくなってハッと起きる夢だ。目が覚めても、圧迫された胸のあたりが気持ち悪くてたまらなかった。

もう一つ、よくあったのが金縛りだ。震災から二カ月ほどは、頻繁《ひんぱん》に起こった。次第に回数が減ってきてほっとしていたが、一年前にもまた起こった。

その金縛りは、こんなものだった。眠りが浅くなり、目が覚めているような状態なのに、真っ暗で何も見えない。聞き覚えがあるような、誰の声なのかはっきりしない大勢の声が哲也さんの名前を呼び続けている。声が大きすぎるため、気持ちが悪くなってきた。突然、左耳のほうから、大きな笑い声が聞こえた。その瞬間から二分ほど、体がまったく動かなくなってしまった。

震災から五年もたつのに、まだ金縛りに遭《あ》うのかと、哲也さんはとても嫌な気持ちになったそうだ。

哲也さんが夢を見るのは、そのときの感情がかなり影響している。楽しい気分のときは楽しい夢を、落ち込んでいるときはマイナスの夢を見る。そして、震災のことを忘れかけているときが多い、とも。

私たちを忘れないで。

震災で亡くなった人たちが、そう夢で伝えているのかもしれない、と哲也さんは思っている。

（取材日　二〇一七年二月十八日、三月二十六日）

## 優からはみんなが見えているよ

語り手　田沼明子さん（仮名）
聞き手　阿部あかり

田沼明子《たぬまあきこ》さん（80歳）に向かって、孫の優《ゆう》君（当時8歳）が笑いながら走ってくる。

「あ〜、来てくれた」

その瞬間、目が覚めた。

明子さんがこの夢を見たのは、仏壇に向かい、「会いに来て」と、優君に話しかけたあと、昼寝でうとうとしていたときだ。明子さんは今、仮設住宅の石巻市河北《いしのまきしかほく》三反走《さんだんばしり》団地に住んでいる。

優君は、震災当時、石巻市立大川《おおかわ》小学校の二年生だった。校庭に集まっていた他の児童と一緒に津波に襲われてしまった。その後の行方は、二〇一七年の今もわかっていない。

「私が迎えに行けばよかった。学校で避難させてくれてると思ったから行かなかったの。『助けられなくて、ごめんね』って、あれから毎朝毎晩、仏壇に拝むのよ」

優君は、隣の家に住むおばあちゃんが大好きだった。毎日のように明子さんの家へ朝食を食べに寄っていた。下校後、お風呂に入ってから自宅に戻ることもあった。ほっそりした優君は、明子さんによくお菓子をねだった。

明子さんが優君の夢を初めて見たのは、避難所として暮らしていた中学校の体育館にいたころだ。

優君を失った明子さんは、声を出して泣きたかった。「優、帰って来てー」と叫びたかった。しかし、大勢が暮らす避難所では、それがままならない。明子さんは人気のない体育館の裏でひっそりと泣くことしかできなかった。

そんなとき、優君が夢に出てきた。津波で流された明子さんの自宅には、神棚があった。その神棚の下に、優君は膝立ちの状態でいた。明子さんを見る表情は悲しげだった。優君も寂しかったのかもしれない。

優君が夢の中で、すねていたこともあった。明子さんが夫との旅行から帰ってきたときのことだ。優君の弟にはお土産を買ってきたが、優君には買わなかった。するとその晩、夢に優君が出てきて、明子さんをにらんだ。

「きっと優には自分のお土産がないのがわかったんだろうね。翌日、優の弟にお土産を渡したら、『いらない』って言われたの。もしかすると弟も何か感じたのかもしれないね。ちょうどよかったと思って、今は仏壇から見える場所に置いてるの」

優君がお小遣いをもらいに来た夢を見たこともあった。五月五日の子どもの日、優君の弟が遊びに来たときのことだ。明子さんはお小遣いを渡して帰した。

その晩、夢の中で優君がお父さんの自転車に乗せられて、明子さんの家にやって来た。明子さんにはお小遣いを欲しがっているように見えた。

「目が覚めてすぐお小遣いを封筒に入れて、『優にもあげるからね』って仏壇に供えたの。そんなふうに、私の姿を優がいつも見ているような気がするの。私の声が聞こえてるのかな。不思議だよね」

明子さんは優君の夢を何度も見ているが、悲しそうだったり、怒った顔だったりしたのは、この二回くらいだ。それ以外の優君は、夢の中で笑っている。

あるときは、明子さんの義理の両親と一緒に出てきた。優君は生前、自分の曾祖父、曾祖母に当たる明子さんの義父母に会ったことはない。しかし、明子さんの夢の中では、茶の間で優君が義父母と楽しそうに遊んでいた。

「みんな笑顔でね。あの世でおじいさん、おばあさんと一緒にいるんだなって思った。二人とも子どもがうんと好きだったし、やさしかったから、優がそばに行って喜んでるんじゃないかな」

二年ほど前には、優君が成長した夢を見た。夢の中の優君は明子さんより背が高くなり、大川中学校の制服を着ていた。場所は、明子さんの家の前だった。「優、どこに行ってたの？」と明子さんが聞くと、「うちの近くにいたよ」と優君は答えた。明子さんは優君を思いっきり抱きしめた。

明子さんが成長した優君を見たのは、この一回だけだ。なぜ成長した姿だったのかはわからない。明子さんに「中学生だったら、助かっていた」という思いがあったからなのか、あるいは、優君が中学生になった姿を見せに来てくれたのかもしれない。

最近は、優君が大川小学校の子どもたちと一緒にいる夢を見た。

大勢の子どもたちが船に乗っている。明子さんが迎えに行くと、川向こうにある船着き場に着く直前、ゴロンと船がひっくり返ってしまった。子どもたちはみんな船から放り出されてしまった。誰も川から上がってこない。助けなければ、と思うが、一緒に船を見ている男性たちは、まったく助ける気配がない。

ふと下を見ると、子どもたちがゴロゴロと寄ってきて、明子さんの足を触《さわ》っている。優君だけでなく、見知った子どもの顔がたくさんあった。明子さんは迷わず子どもたちを次々と引き上げた。その後、子どもたちは救急車のようなものに乗せられ、運ばれていった。

助かったのだろうか。明子さんが心配していると、優君と五、六人の優君の友だちが明子さんのほうへ走ってきた。

「助かったのね、よかったよかった」と抱きしめた瞬間、目が覚めた。

明子さんは、震災前に交わした優君との会話が忘れられない。

震災の二日前のことだ。優君がいつものように明子さんの家に来て、朝食を食べていた。突然、優君が言った。

「大津波が来ればいいのに」

明子さんは驚いて、「優、大津波が来たら、おうちもみんな流されちゃうんだよ」と言うと、優君は「流されてもいい。そしたらユウ、学校に行かなくてもいいもん」と答えた。

優君はそれまで一度も学校に行くのを嫌がったことはない。なぜ、学校に行くのを嫌がったのだろう。そして、なぜ、その理由が大津波だったのか。

明子さんは、不思議に思ったが、三月十一日の朝も、優君は明子さんの家に朝食を食べに寄り、元気に登校していった。明子さんは、たまたま優君が口にした気まぐれだったのだろうと思っていた。しかし、本当に大津波が起きてしまった今、優君の言葉は明子さんの心に刻み込まれることになってしまった。

二〇一五年九月、明子さんは鹿児島県在住の宮司さんに拝んでもらったことがある。優君が神様を好きだったからだ。

突然、宮司さんが苦しそうな咳《せき》を始めた。優君が亡くなる直前の様子だという。そしてこう言った。

「おじいちゃん、おばあちゃん、おいしいものを食べさせてくれてありがとう。みんなは優が見えないかもしれないけど、優は見えてるから」

さらに宮司さんは、優君が出たくても出られない状態だとも言った。明子さんは、宮司さんが家に来てくれたことで、少しだけ気持ちの整理がついた。

「体は見つからないけど、あの世でおじいさん、おばあさんと一緒に遊んでるんだから、魂は抜けて、あの世に行けたんだと思う。千の風に乗ったみたいに。だって、お墓の中に優はいないでしょ。優はいつもハンカチをくわえていたから、お墓の中に骨壺を納めるとき、その中にハンカチを入れてあげたの」

明子さんは小柄で笑顔のやさしいおばあちゃんだ。優君は、こんなやさしいおばあちゃんに大切にされて、どれほど幸せだったろう。

明子さんは、私(阿部)が話を聞き始めてすぐに優君がどんな子どもだったか、どれほど愛らしかったか、懐かしそうに話してくれた。しかし、話が進み、震災当日の状況や避難所での暮らしのこと、優君が出てきた夢の話になったとき、明子さんの目から涙がボロボロとこぼれた。それまでの緊張が一気にほぐれ、明子さんに覆《おお》い被《かぶ》さっていた重石《おもし》が軽くなり、心が解き放たれたように見えた。

私が三反走団地のボランティアイベントで初めて会ったとき、明子さんは、自分から話すより、人の話を聞いてうなずいているほうが多かった。明子さんは、この六年間、どれほど周囲を気づかい、自分の気持ちを押し殺してきたのだろう。

明子さんは私に話をしながら、ときに涙ぐみ、でも必死に仕草や表情で涙を笑い飛ばそうとした。その姿を見ていると、私も辛くなり、話を聞いたのが申し訳なくて、涙をこらえるのに精いっぱいだった。

（取材日　二〇一六年十二月十八日、二〇一七年一月二十八日）

# 夢も現実も妹がいつもそばに

語り手　紫桃朋佳さん
聞き手　坂口歩夢

専門学校二年生の紫桃朋佳《しとうともか》さん（19歳）は、石巻市立大川《いしのまきしりつおおかわ》小学校の五年生だった妹の千聖《ちさと》ちゃん（当時11歳）を津波で亡くした。

東日本大震災の地震発生時、中学一年生だった朋佳さんは先輩たちの卒業式を終え、自宅に母親と祖父母、中学三年生の兄、兄の友人と一緒にいた。

家や家族に被害はなかったが、強い余震が何度も続いている。大津波警報が出ていることも気になった。朋佳さんたちは車に避難し、一夜を過ごした。

「千聖は、学校にいるから大丈夫」

車中で過ごしながら、朋佳さんはそう思った。うとうとしているときに、妹と楽しく遊んでいる夢を見たことを覚えている。

朋佳さんたちが千聖ちゃんと会えたのは、震災から二日後だった。

遺体安置所に横たわっていた千聖ちゃんは、眠っているだけのように見えた。家にいた姿と違うのは、何も身に着けずにブルーシートにくるまれ、髪の毛や目、鼻、口に泥がこびりついていたことだ。きれいにしてあげたくても、水もお湯も持っていなかった。母親は舌で千聖ちゃんの泥をぬぐった。

千聖ちゃんが棺《ひつぎ》に入って家に帰ってきた夜、朋佳さんはすぐ横で眠った。

三月十一日の朝、朋佳さんと千聖ちゃんは、些細《ささい》なことで喧嘩《けんか》をしていた。いつもなら、「行ってきます」「バイバイ、お姉ちゃん」と言ってくれる千聖ちゃんが、ぷいっと背中を向けて玄関から出ていった。

「だから、私が見た最後の千聖は、ランドセルを背負っている後ろ姿なんです」

そんな別れ方が影響したのだろうか。棺の横で眠る朋佳さんが見た夢の中の千聖ちゃんは、笑顔が少なく、あまり楽しそうには見えなかった。

「お別れだったのかな。目が覚めたとき、千聖を見て、また泣きました」

朋佳さんと千聖ちゃんは、仲のいい姉妹だった。千聖ちゃんは三人兄妹の末っ子ということもあり、活発で好奇心が強く、よく笑うおしゃまな女の子だった。

お姉ちゃんのやることはすぐに真似《まね》をした。朋佳さんがバレー部に所属しているからと、バレーボールを打つしぐさをして、「お姉ちゃん！（の真似）」と笑っていた。

朋佳さんが中学校から帰るのを待ち焦がれ、朋佳さんの姿が見えると、家から坂道を走り下りてきたこともあった。

千聖ちゃんにはしっかりしたところもあり、おっとりした朋佳さんが歯がゆいのか、ときどき、「お姉ちゃん、ダメじゃない」と言うこともあった。朋佳さんは、そんな大人びたところもある千聖ちゃんがかわいくてたまらなかった。

朋佳さんが見る千聖ちゃんの夢は、現実の記憶をなぞるような内容が多い。

「妹が、まだそばにいるような夢ばかりです。一緒に遊んでいたり、震災前まで毎日、続いていた普通の夢をよく見ます」

朋佳さんが千聖ちゃんの夢で一番うれしいのは、千聖ちゃんが手を握ってくれたり、膝《ひざ》の上に乗ってきたりしたときだ。千聖ちゃんの肌の温かさ、握ってくれたときの手の力、膝に乗ってきたときの体の重みをはっきりと感じることができる。

「家に帰ると、ずっと一緒で本当に仲がよかったんです。よくぎゅーっと抱き合っていました」

夢が現実と違うのは、外の景色が今の町並みになっていることだ。朋佳さんの家も周囲も被害は少なかった。それでも、年月がたつと、風景は少しずつ変わる。千聖ちゃんの姿は亡くなったときと変わらないが、その背後にあるのは今のものだという。

現在、朋佳さんは専門学校に通うため、実家を出て兄と二人で暮らしている。千聖ちゃんの夢をよく見るのは、アパートに一人でいるときだ。

「会いたいなぁと思いながら眠ると、夢の中で千聖と手をつないでいる夢とか見るんです。一緒に冒険している夢を見たこともあります」

千聖ちゃんと楽しく過ごす夢が多い朋佳さんだが、いつもと違う夢を見たことがあった。二〇一六年のことだ。ホームシックもあったのだろう。そのころの朋佳さんは元気が出ず、落ち込むことが多かった。

夢の中の千聖ちゃんは、真っ白な空間に立ち、朋佳さんをじっと見つめていた。会話もなく、お互いに見つめ合うような夢だった。

「あの夢だけは、違和感がありました。手も伸ばせなかったし、触れ合うこともできません。千聖はもう手の届かないあの世にいる。そっちには行けない、行っちゃダメっていう感覚がありました。私が落ち込んでいたから、千聖は心配して、見つめてくれていたんでしょうか」

朋佳さんは母親と夢の話をすることもある。自分より母親のほうが妹の夢を見ている、と朋佳さんは言う。

「母は、千聖が『泣かないで』とか『私がそばにいるよ』って言う夢を見るらしいです」

千聖ちゃんを失ってから、朋佳さんは震災前より行動的な性格になった。以前は口数も少なく、おとなしかったが、今は、心の中にいつも妹がいる。

こういう経験をしたら、妹は面白いと思ってくれるかな、楽しいと感じてくれるかな。そう考えると、いろいろな場所に旅したり、興味を持ったことに挑戦するエネルギーが湧《わ》いてくる。朋佳さんは、「震災前より今の自分のほうが好き」と言う。

「震災のあとは私なりにキツかったです。家の中も地域の大人たちも暗いし。でもまだ中学生だったから、ケロッとしてても許されるじゃないですか。だから、ずっと笑ってました」

辛いときこそ、笑顔でいよう。悔しくても、寂しくても、笑顔を作った。朋佳さんなりの震災との闘いだった。自分を奮《ふる》い立たせ、頑張り続けたことは朋佳さんを成長させた。

「もっともっと成長したい。楽しくて忙しい人生にしたい」と、朋佳さんは微笑《ほほえ》む。

今、自分が体験していることは、いつか千聖ちゃんに会ったときのお土産話になるだろう。そして、千聖ちゃんを思いっきり抱きしめながら、こう言えたらいい。

「お姉ちゃん、頑張ったんだよ」と。

（取材日　二〇一七年六月十六日）

# 娘の死への疑問を解く鍵に

語り手　佐藤美香さん
聞き手　関　明日香

二〇一一年三月十四日、日付けが変わったばかりの深夜、眠っていた当時三歳の次女の珠莉《じゅり》ちゃんが突然、「うわーっ!」と泣き出した。

「ママ!　ママ!　汚い!」

そう叫ぶと、手足をバタバタと動かした。何か怖い夢でも見ているのだろうか。珠莉ちゃんは目が覚めている様子はなく、眠ったままだ。

佐藤《さとう》美香《みか》さん（42歳）は夫と顔を見合わせた。「ママ!　汚い!」と叫んだ言い方が長女の愛梨《あいり》ちゃん（当時6歳）にそっくりだったからだ。

「今の愛梨だったよね?」

「よほど汚いところにいるんだね。朝になったら、絶対に探してあげようね」

夫婦で話していると、再び、珠莉ちゃんが「ママ」と眠ったまま話しかけてきた。

美香さんが抱き上げると、珠莉ちゃんが「ママ、大好き」とつぶやいた。

「なぁに?」

「ママも愛梨のこと、大好きだよ」

そう答えると、珠莉ちゃんは大きくこくりとうなずき、美香さんに体を預け、深い眠りに落ちていった。

「あれは愛梨でした。珠莉は三歳ですから、まだそんなにしっかりしゃべれません。私たちは、『絶対、愛梨だったね』って話したんです」

二〇一一年三月十一日、愛梨ちゃんは石巻市《いしのまきし》の私立日和《ひより》幼稚園から自宅に帰る送迎バスに乗っていて津波に遭《あ》い、その後に起きた火災にも巻き込まれて亡くなった。バスには、他に四人の園児が乗っていた。

未曾有《みぞう》の大災害だったとはいえ、日和幼稚園の園児たちの死には、人災ともいえる要因が重なった。

高台にあった日和幼稚園に残っていれば、津波に遭わずに済んだこと。いつもは津波の直撃を受けた地域を通らずに送迎していたこと。送迎バスは、本来なら海側に住む園児を送った後、一度、幼稚園に戻り、内陸部に住む園児たちを乗せて送り届けるはずだった。ところが、震災の日は送迎の園児が少なかったことから、内陸部に住む愛梨ちゃんたちも海側の子どもたちと一緒にまとめられ、大津波警報が出ている海岸方向に向かってしまった。

判断ミスはさらに続く。送迎バスを戻すように園長から指示された保育士たちが門脇《かどのわき》小学校前でバスに追いついた。保育士たちが園に戻れるかどうか、バスの運転手にたずねたところ、「戻せます」と運転手は答えた。そこで保育士は、園児たちの点呼も表情の確認もせずに、園に自分たちだけ戻ってしまった。もし、園児たちをバスから降ろし、すぐ近くの階段を上らせ、高台に避難させていれば助かっていただろう。実際、門脇小学校の児童たちは、そのルートで助かっている。

夜中の十二時ごろまで被災現場近くにいた人の中には、姿は見えなかったが、「助けてー」という子どもの声を聞いたと話す人もいる。送迎バスの運転手は津波のあと、助かったにもかかわらず、幼稚園に被災現場を伝えていなかった。園側も運転手に聞かなかったという。すぐに園児たちを助けに行っていたら、その後、発生した火災に遭わずに済んだかもしれない。

愛梨ちゃんは、珠莉ちゃんが不思議な言葉を発したその日、十四日の午後二時ごろに見つかった。愛梨ちゃんは横転したバスの車外に他の園児たちと抱き合うように倒れていた。

炎に焼かれた愛梨ちゃんは、真っ黒で下半身がなかった。腕も肘《ひじ》から下がなく、触ると体はぽろぽろと崩れた。

「水死だったら抱きしめることもできるけど、うちの子は抱きしめたら壊れてしまう。風が吹いても崩れるくらいだった」

震災から今も変わらず、愛梨ちゃんに与えられる限りの愛を注いでいる美香さんだが、愛梨ちゃんの夢を見た回数はそう多くない。はっきり覚えているのは、二つだ。

一つは震災の年の初夏に見た。

「バスはね、そもそも倒れていないよ、ママ」

話し声とも違う、メッセージのようなものを感じ、映像が目の前に広がった。愛梨ちゃんたちを乗せた送迎バスだ。家の骨組みに寄りかかったような状態で斜めになっている。

愛梨ちゃんが亡くなった現場を見て、美香さんはずっと疑問を感じていた。バスが家に突っ込んだとしても、横転するほどの衝撃なのだろうか。横転していたら、脳しんとうを起こして気を失っていたかもしれない。津波が押し寄せた直後から夜中にかけて、子どもの助けを求める声を聞いたという話が本当なら、意識を失った子どもたちが声を出せるだろうか。

腑《ふ》に落ちなかった疑問が夢をきっかけに氷解《ひょうかい》した。

津波の衝撃で、バスは斜めになり、家の骨組みに支えられるような不安定な状態になった。そのため、愛梨ちゃんたちは、バスから脱出することはできた。しかし、そこからは瓦礫《がれき》に阻《はば》まれて、逃げられなかったのではないだろうか。そして、そのあとに起きた火災で、バスを支えていた家の骨組みが焼け落ち、横転したのかもしれない。

「あの夢は、わーっと頭の中に映像が入ってきた感じでした。ああ、だから、愛梨たちは車の外にいたんだって、すごい納得して。きっと愛梨からのメッセージなんだろうなと思っているんです」

もう一つの夢は、震災から一年以上たったころだ。

愛梨ちゃんがピンクの浴衣を着て目の前に立っていた。

「愛梨だ！」

美香さんは愛梨ちゃんに向かって近づこうとするが、透明な壁のようなものに阻まれて近づけない。愛梨ちゃんは元気そうに、にこにこと笑っている。

「愛梨！　愛梨！」

美香さんは叫んだ。

夢はそこで終わっている。

「愛梨を抱きしめたいんだけど、目に見えない何かにさえぎられて、どうしてもできないの。きっと世界が違うのね。私はそっちに行けなくて、愛梨はこっちに来られないんだと思う」

美香さんは夢を見ても、夫に話すことはない。夫ももしかすると愛梨ちゃんの夢を見ているのかもしれないが、聞いたことはない。

「お互いに気を使ってるのかもね」

そんな夫が一度だけ、夢の話をしたことがある。愛梨ちゃんの誕生日が近づいていた。美香さんは、ぼんやりと愛梨ちゃんに靴を買ってあげたいと考えていた。欲しがっているような気がしたからだ。

夫婦で何を買おうか相談しているとき、夫が「靴にしないか」と言い出した。美香さんが驚きながら理由をたずねると、夢で見たと言う。

「靴があれば走って逃げられるから、欲しい」

裸足で必死に逃げている何かが、夫にそう話しかけてきた。夫は「愛梨が靴を欲しがっていると感じた」と美香さんに打ち明けた。

美香さんは、愛梨ちゃんに「式」を重ねてあげたかったと言う。幼稚園の年長さんだった愛梨ちゃんは卒園式が目の前だった。生きていれば、中学生になっていた。美香さんは、背が高かった愛梨ちゃんのために大きめの制服を作った。

震災がなければ、入学式と卒業式を重ね、成人式、結婚式を迎えることもできた。愛梨ちゃんは、きっと美香さんによく似てやさしく、おだやかで、それでいて芯の強い女性に成長したに違いない。

私（関）は、式の話を美香さんから聞いて、当たり前に思っていることが当たり前ではないのだと身に染みた。今年（二〇一七年）、私は成人式を迎えた。これからも大学の卒業式や会社の入社式、結婚式と式を重ねていくだろう。友だちと「いつ結婚したいか」と無邪気に話したりしていたけれど、それがかなわない人もいるのだ。

震災後の美香さんは、現代美術家のすがわらじゅんいちさんとともに「アイリンブループロジェクト」の活動を広げてきた。愛梨ちゃんたちが亡くなった場所に咲いていた一輪のフランスギクを大切に育て、種を増やし、多くの人に育ててもらうことで、震災を風化させず、防災への意識を高めてもらおうというプロジェクトだ。フランスギクの花言葉は、「夢見る」「無実」「忍耐と悲哀」。プロジェクトのフランスギクには、「あいりちゃん」という名前がつけられている。美香さんは、この花を愛梨ちゃんが自分に似ているからと選び、母親に贈ってくれたのではないかと考えている。

「待っててね」

美香さんは、この言葉を毎年、愛梨ちゃんへの手紙に書いている。いつか再会できたとき、思いきり抱きしめてあげたい、という想いを込めて。

（取材日　二〇一七年六月六日）

# トンネルを抜けた光の先に

語り手　小高正美さん・政之さん
聞き手　片岡大也

真っ暗なトンネルの中。とても冷たい。

小高正美《おだかまさみ》さん（37歳）は、その中をジェットコースターに乗っているように、ビューンとものすごいスピードで通り抜けていく。

トンネルを抜けた瞬間、まばゆい光に包まれた。目が覚めたのかな、と思ったが、そうではないらしい。ふと前を見ると、長女の萌霞《もえか》ちゃん（当時8歳）が立っていた。

「もえちゃん、こういうふうに、あのときなったの？」

「こうやって冷たい思いしたの？」

「寒かったねー、しんどかったねー」

話しかける正美さんに萌霞ちゃんは何も答えず、じっと正美さんを見つめていた。

パッと場面が変わった。今度は本当に目が覚めていた。

「色彩のない黒か白の世界だった気がします。普通の景色じゃなかった」（正美さん）

萌霞ちゃんたちがどんなふうに亡くなったのか、小高さん夫婦はずっと気になり、毎日胸が引き裂かれる思いをしていた。

今思えば、その思いを解くために、苦しみや痛みのなかで亡くなったというより、一瞬で何が何だかわからないうちに逝ってしまったことを伝えようと、萌霞ちゃんは夢に出てきたのかもしれない。そう思うことで少し胸の痛みが和らいだ。

私（片岡）が夢の話をうかがったのは、石巻市《いしのまきし》に住む小高正美さんと政之《まさゆき》さん（37歳）夫婦。震災前、七人家族だった小高さん一家は、正美さんの両親の惇二《じゅんじ》さん（当時72歳）とみさ子さん（当時59歳）、長女の萌霞ちゃん、長男の唯一翔《ゆいと》君（当時5歳）、次男の翔太《しょうた》君（当時3歳）を津波で失った。

住まいがあったのは、石巻市中屋敷《なかやしき》。石巻湾にほど近い住宅街だ。

震災当時、政之さんの勤め先は仙台市、正美さんは石巻市立町《たちまち》にあった。正美さんの職場も被災しているが、津波が押し寄せる前に高台に逃げ、難を逃れていた。

「私たち二人とも津波を直接、見ていないんです。ニュースとかの映像だけ。だから、まだましなのかなと思うことがあります。自分も津波にのまれてもがいていたり、実際に波を見ていたりしたら、本当にしんどいと思う。見ていない私たちでさ

え、こんなに苦しいのに、体験していたら、もっといろいろ思い出してしまうでしょうね」（正美さん）

小高さん夫婦は、静かに震災当時のことを話してくれるが、二〇一一年三月十一日からの日々は、六年たった二〇一七年に聞いても壮絶なものだった。

正美さんが政之さんと再会したのは、震災から二日後の三月十三日だった。それから二人が中屋敷の自宅に戻ることができたのは、三月十五日。それまで何度も向かったが、大量の瓦礫《がれき》と海水に阻《はば》まれ、たどり着くことができなかった。

自宅の建物は残っていた。二階だけなら、そう大きな被害はなさそうに見える。しかし、柱と土台だけ残った一階は浸水し、瓦礫に埋もれていた。瓦礫をかき分け、必死で家族を探した。母親のみさ子さんが台所に倒れていた。政之さんは唯一翔君に「おっとー」と呼ばれる声が聞こえたというが、小高さん夫婦が自分たちで見つけられたのはみさ子さんだけだった。

唯一翔君とは、その三日後、遺体安置所で再会できた。唯一翔君は、みさ子さんを見つけた日に自衛隊によって発見されていたが、身元がわかるものを身に着けていなかった。そのため、遺体解剖が必要になり、会うまでに時間がかかった。

唯一翔君が横たわっていたのは、自宅近くの路上だった。自宅に戻った日、小高さん夫婦は、瓦礫が散乱していたため、その道を通ることができなかったが、唯一翔君は両親のすぐ近くにいた。

　父親の惇二さんと萌霞ちゃんには、唯一翔君がいた安置所では会えなかった。すでに安置所は遺体でいっぱいになり、収容しきれない状態になっていた。「生きていたら」というわずかな期待から、当時自衛隊の拠点になっていて救助された人が集まる石巻総合運動公園や近隣の専修大学、警察署と、日がある限り探し歩いた。

　そして三月十九日、小高さん夫婦は、石巻市で最も大きい遺体安置所となった旧石巻青果花《か》き地方卸売市場に向かった。惇二さんと萌霞ちゃんの名前が掲示板に貼り出されていた。

「萌霞は学校から帰ったばかりだから名札を着けているだろうって思いました。おじいちゃんは胴巻きの中に免許証や保険証を持ち歩く人だったから、それで身元がわかるんじゃないかなって思っていたら、やっぱりそうでした」（正美さん）

　二人が見つかった場所もわかった。自宅から西北に一キロほど離れた住宅の敷地内で東側と西側に倒れていたと聞かされた。

「地震が起きたとき、亡くなった家族は自宅で一緒にいたはずだから、近くで見つかるのは当たり前と思ったんですけど、他の人の状況を聞くと、そうじゃないこともあるんですね。うちの家族が近くで見つかったのは、つながりが深いからなのかな、と思いました」（正美さん）

翔太君だけは再会が遅れた。震災の日、保育園を休んでいた翔太君は、身元がわかるものを身に着けていなかった。すぐには見つからないかもしれないと思いながら、小高さん夫婦は毎日、安置所と避難所を探し回った。捜索中の自衛隊に直接、頼みにも行った。自ら重機を運び込み、自宅を解体しながら捜索もした。手を尽くして、ようやく翔太君が見つかったのは、一カ月後の四月十一日だった。

翔太君が見つかるとき、不思議なことがあった。

正美さんのいとこの前に、惇二さんとみさ子さんが出てきた。それも夢ではなく、いとこははっきりと目が覚めていた。二人と抱き合い、その感触も覚えているという。いとこは正美さんに「いつものおんちゃん、おばちゃんだった」と話した。

「いとこが言うには、父も母も翔太が見つかっていないことを知らなかったっていうの。だから、『翔太君が見つからなくて、今、まみちゃん（正美さん）、一生懸命、探してるんだよ』って教えたんだって。そしたら、母が『そういうふうに、いろんなことを聞きたくなかった』って泣きじゃくって、『とにかく正美のことをよろしく。一人だから』と言って去って行ったそうなの」（正美さん）

正美さんが、この話を聞いたのは四月十一日の朝七時ごろ。正美さんは、「今日は絶対に翔太が見つかる」と直感した。

予感は当たった。地震が起きた時間の直前、午後二時に自衛隊から電話が入った。

男の子が一人見つかったという。

「翔太だって確信しました。安置所に行ってみたら、翔太が横たわっていました。翔太に会えたのは、地震が起きた時刻と同じ午後二時四十六分でした。たぶん、あのころ、うちだけじゃなくて、いろんな人に同じような不思議なことがあったんじゃないかな。霊の世界って本当にあるんだなって思いました」（正美さん）

家族は全員、見つかった。しかし、遺《のこ》された家族には、あの世に旅立たせるという大切な務めが残っている。当時は、津波で一度に多くの人が亡くなったことから火葬炉が故障し、県内では葬儀に十分な対応ができない状況だった。そのため、石巻市は遺体を一時的に土葬する策を取った。

しかし、小高さん夫婦は、どうしても家族を土に埋める気になれなかった。冷たく、辛い思いをしてきた両親や子どもたちをこれ以上、苦しめたくなかったからだ。

二人は、県内外に電話をかけ、火葬の予約を取った。火葬の許可書は、火葬する自治体でしか取れない。二人は許可書を取りに行き、身を寄せていた友人宅に帰り、また火葬場に向かう日々を、家族を送り出すたびに繰り返さなければならなかった。

小高さん夫婦は、まず母親のみさ子さん、次に唯一翔君、三番目に父の惇二さんと萌霞ちゃん、最後に翔太君の順で送り出した。

「今、思うと短期間でよくやったと思います。普通なら葬儀社の人がやってくれることを全部、自分たちだけでやったんですから。とにかくちゃんとした形で棺に入れて見送りたい一心でした。家財道具が残っていた自宅の二階から、遺影になる写真を探し出して、お世話になっていた友だちの家で印刷してもらったり、食べ物も手に入りにくかったけど、好物やおにぎりを棺《ひつぎ》に入れて、できる限りの支度を整えてあげたんです。そのころは、毎日、火葬場に通っているような感覚でした」

正美さんがそう言ったあと、横で聞いていた政之さんが、「翔太のときは、最上《もがみ》まで行ったな」とぽつりと話してくれた。石巻市から山形県の最上町までは、高速道路を使っても片道二時間はかかる。

家族を荼毘《だび》に付した日は違っていたが、天気は似ていた。火葬場に着いたときは雪が激しく降っているのだが、火葬が終わり、建物の外に出るころには、青空が見えるくらい晴れているのだ。

「なんかすごいね」

空を見上げながら、正美さんと政之さんは話した。

二人が夢をよく見ていたのは、震災から三カ月ほどの間だ。正美さんは、三回忌《さんかいき》のころまで、毎日のように金縛りにも遭《あ》っていた。

夢はたくさん見ているはずなのだが、今も記憶に残っているのは、正美さんの場合は冒頭の萌霞ちゃんの夢が一つ。もう一つは、五人の位牌《いはい》とともに、転居したアパートで新しい生活が始まったころに見た夢だ。

夢の中で正美さんは、なんとなく窓の向こうに子どもたちと父母がいる気配を感じた。さっとカーテンを開けると、懐かしい顔が並んでいた。

「見つけたー」

正美さんは喜んだが、子どもたちも父母も、もじもじしている。家の中に入りたいのに遠慮しているようなそぶりだ。

「遠慮しなくていいから、入っておいでー」

正美さんは叫んだ。何度も叫びすぎて、へとへとに疲れてしまうほどだった。それでも誰も入ってこない。そこで目が覚めた。

「もう私たちと世界が違うのを、窓の向こうにいた子どもたちや両親はわかっていたんでしょうね」（正美さん）

正美さんが見た、それ以外の夢は、ほとんどが日常生活の場面だ。母親と台所で料理をしていたり、買い物に行ったり、父母が喧嘩《けんか》をしているのを見ていたり、記憶に残っている家族との暮らしが蘇《よみがえ》る。子どもたちも、何度も夢に出てきているのだが、覚えているのは存在感だけ。これといって具体的なストーリーは覚えていない。

一方、政之さんが覚えているのは、二〇一一年の五月か六月ごろに見た夢だ。場所は線路が両側にある暗い地下鉄のようなホーム。そこに萌霞ちゃんがピンク色のリュックを背負って立っていた。服には見覚えがなかったが、姿は亡くなったころの萌霞ちゃんだった。

「お父さん、今まで遊んでくれてありがとう」

萌霞ちゃんはそう言うと、泣きながら、ホームに滑り込んできた箱のような乗り物に一人で乗って、どこかへ行ってしまった。

「なぜ、そんなことを言うのか」

目が覚めた政之さんは、まるで萌霞ちゃんをあの世に見送ったような寂しさと悔しさで胸がいっぱいになった。

小高さん夫婦は、夢を見るとお互いに教え合い、二人で意味を考えるという。萌霞ちゃんが政之さんに「ありがとう」と言った夢を正美さんは、こう考えている。

「子どものほうが、私たちよりずっと大人だったの。だから先に連れて行かれたんだと思う。私たちはこの世での修行が足りないの。だから、連れて行ってもらえなかったんだよね」

政之さんがもう一つ覚えている夢には、家族が全員、出てきた。場所は夏祭りの会場。しかし、その場所に見覚えはない。広い空き地に大勢の人が集まり、屋台もたくさん出ていて、にぎやかだった。

表情が硬い義父の惇二さんに比べ、義母のみさ子さんは笑顔を浮かべている。萌霞ちゃんと唯一翔君、翔太君も周りにいる気配は感じるが、姿は見えない。みさ子さんが話しかけてきた。

「混んでるねぇ。あの世はいっぱい！」

　そこで夢は途切れた。

　小高さん夫婦は、家族五人を一度に失わなければなかった疑問の答えを求めて、シャーマン的な力を持つという人物を訪ね歩いたことがある。そのうちの一人は、みさ子さんと萌霞ちゃんには霊的な力があったのだろうと言った。

「お姉ちゃんは弟たちをちゃんとあの世に連れて行ってくれたよ、と教えられ、少しほっとしました」（正美さん）

　小高さん夫婦が、亡くなった家族のことを話せるようになったのは、新しく加わった家族の存在が大きい。二〇一二年に次女の瑚乃美《このみ》ちゃん（4歳）、翌年に三男の斗輝矢《ときや》くん（3歳）が誕生した。二人は、萌霞ちゃんと唯一翔君、翔太君によく似ている。

「姉弟だから似ていて当たり前なんですけど、それでも親戚に言われることがあるんです。亡くなったほうなのか、生きてるほうなのかわからなくなるって。瑚乃美たちには、本当に救われています。萌霞たちのころより、私たちの体力がなくなってるから、育児は大変ですけど」（正美さん）

萌霞ちゃんたちの夢を見る回数が減ったのは、小高さん夫婦が、ようやく落ち着いた暮らしを取り戻してきたからなのかもしれない。

二〇一七年三月十一日ごろに正美さんは久しぶりに萌霞ちゃんの夢を見た。夢で会った、という記憶しかないが、正美さんにとっては、うれしい再会だった。

じつは私（片岡）はゼミで金菱先生から夢の話を聞く課題を出されたとき、授業のノルマを達成すればいい、というくらいの気持ちしかなかった。もし、夢を見ていたとしても、そんな大切な話を他人に話してくれるのだろうかという不安もあり、どこか課題に及び腰だった。

しかし、小高さんたちは、身が引きちぎられるくらい辛かっただろう思い出を包み隠さず、真っ直ぐに話してくれた。その言葉の一つひとつに力強さがあった。

私は、夢の話を授業の課題としてしか捉《とら》えていなかった自分が情けなく、恥ずかしかった。人の命のはかなさと輝きを小高さんたちの姿に見たことで、必然的に自分の生き方と向き合うことにもなった。

正美さんは私に「自分たちの夢の話が誰かの役に立つかどうかはわからない。でも、何かの形で残してほしい。震災はいつ来てもおかしくない。自分たちのような思いを後世の人にさせたくないから」と語ってくれた。

（取材日　二〇一七年五月十四日）

# 見覚えはなくても息子を感じる

語り手　寺澤武幸さん
聞き手　野尻航平

東日本大震災による突然の別れは、さまざまな家族の姿を浮き彫りにした。

私（野尻）が寺澤武幸《てらさわたけゆき》さん（43歳）の話を聞きたいと思ったきっかけは、二〇一七年三月に読んだ慰霊関連の新聞記事だった。

生徒十四人が亡くなった名取《なとり》市閖上《ゆりあげ》中学校の遺族会による追悼《ついとう》集会の様子が紹介されていた。参列した約四百人の一人に寺澤さんがいた。

私が寺澤さんの談話に強くひかれたのは、亡くなった息子の一輝さん（当時13歳・仮名）と震災時、別れて暮らしていたからだ。寺澤さんは、三歳だった一輝さんと別れて以来、一度も会っていなかった。一輝さんの死は、新聞の死亡記事で知ったと書かれていた。

寺澤さんは一輝さんや震災の夢を見るのだろうか。見ているとしたら、どんな夢なのだろう。私は思いきって、寺澤さんに連絡をとってみた。トラックの運転手をしているという寺澤さんは、よく陽に焼けていて、やさしい笑顔の男性だった。

「寺澤さんは夢を見たりしますか？」

会ってすぐに聞いてみると、「ほとんど見ていない」と答えた。「やっぱり、そうか」とちょっとがっかりしていると、寺澤さんはぽつりぽつりと言葉をつなげた。

「でも、今年に入ってから二、三回、見た夢が記憶に残っています。見覚えのない小学生くらいの男の子と私が一緒に散歩しているんです。手をつないだりということはなく、Tシャツ姿の男の子が歩いてたり、走り回ったりしているのを同じ場所にいる私が眺めてるという感じです」

その夢の場所は、瞬間的に切り替わるという。建物と建物の間にいたと思ったら、突然、公園の景色になったりする。しかし、夢を見ている寺澤さんに場所が変わったという違和感はない。

「まったく知らない子なんですけど、夢の中の自分は、一輝だってちゃんとわかっていました。場所も震災前の閖上の児童公園なんじゃないかと思います」

夢を見たもう一回は、一輝さんともう一人、知らない男の子も出てきた。一輝さんとよく似た子で、二人は仲がよさそうに遊んでいた。

私（野尻）が寺澤さんにお願いしたインタビューは一時間半ほど。その間、質問を変えていろいろ聞いてみたが、寺澤さんが見た夢の話はこれで全部だった。

だが、私が印象に残っている寺澤さんの言葉がある。夢を見ているときの気持ちを聞いたときだ。

「プラスのイメージ、幸せな気持ちでした。走る姿を夢に見たのも、私と暮らしていたころの幼い一輝が、散歩のときによく走り回っていたからかもしれないですね」

寺澤さんが夢を見始めたのは、閖上中学校の遺族会に入った二〇一七年からだ。寺澤さんが息子の死と向き合うまでには、震災から六年の月日が必要だった。

地震の発生時、寺澤さんは仕事先から仙台の営業所に戻る途中だった。激しい交通渋滞の中、自宅がある多賀城《たがじょう》市にたどり着いたときは、夜中の十二時を回っていた。

「停電になったり、コンビニが空っぽになったりしていたけど、津波も見ていないし、私には大きな被害はありませんでした。息子のことは気になったけど、カーラジオで、閖上中に大勢避難していると言っていたので、大丈夫だろうと思っていたんです」

事態が一変したのは、電気が復旧したときだ。パソコンを立ち上げ、安否確認サイトを調べてみると、一輝さんの母親が息子の行方を探していた。閖上も津波に襲われ、大勢の人が亡くなっていた。

五月初旬、寺澤さんは新聞の震災関連死の名簿の中に一輝さんの名前を見つけた。

「別れてから、一輝のことを忘れたことはありません。一輝とは、母親との別れ方がよくなかったこともあり、私が家を出て以来、会わせてもらえませんでした。でも、成人したら、一輝の意思が一番になる。そうしたら、会おうと思っていたんです。もちろん、彼に拒まれたら仕方がないですけど」

寺澤さんは、一輝さんが成人になったら会えるという希望を胸に、毎日、免許証入れに挟んだ幼いころの写真を眺めていた。しかし、震災は、その希望を奪った。

一輝さんの死はショックだったが、寺澤さんにできることは何一つなかった。一方で、被災地には大量輸送の担い手が必要だった。寺澤さんは、辛い気持ちから逃げるように、仕事に没頭した。

二〇一二年、寺澤さんは、閖上中学校の遺族会が慰霊碑《いれいひ》を建てたことをニュースで知った。迷い続け、それからさらに一年後、勇気を出して遺族会に連絡をとった。成長した一輝さんを知りたい気持ちが抑えられなくなっていた。

会の代表の女性が送ってくれたのは、小学校の修学旅行のときのスナップ写真だった。隣には女性の長男も写っている。その子も亡くなっていた。

成長した一輝さんは母親に似ていた。一輝さんが修学旅行を楽しんだのだろうと想像すると心が温かくなった。しかし、寺澤さんは、どうしても「これが一輝だ」という確信が持てなかった。寺澤さんが覚えている三歳の一輝さんと、写真に写るすらりとした少年の間を埋めるものが足りなすぎた。

一輝さんとの関係が変わるまでには、それからさらに四年の月日がかかった。閖上にはほぼ毎日のように仕事で通っていた。慰霊碑の前は遠回りしても通った。毎年、人が集まる三月十一日は避け、その少しあとに花も供えていた。それでも、一輝さんのことは、どう心に収めたらいいのか、わからないままだった。

二〇一七年に入り、写真を送ってくれた代表の女性から、遺族会主催の追悼集会に誘われた。自分が参加してもいいものか迷ったが、代表の女性は温かく迎えてくれた。

寺澤さんが一輝さんの夢を見るようになったのは、まさにこの時期からだ。

「夢でもいいから会いたいと思うこともあります。でも、夢は自分が経験したものがベースになっていると思うんです。私は一輝の成長を見ていないので、夢を見るのが難しいのかもしれないですね」

そんな寺澤さんが、一輝さんの存在を身近に感じるのは、夢よりも写真を見ているときだ。それも成長した写真より、幼かったころの写真に感じている。

以前と違うのは、一輝さんの表情の見え方によって、自分の気持ちも変わることだ。笑って見えたら、「大丈夫。このまま行こう」と思えるが、怒っているように見えるときは、「ちょっと止まって落ち着こう」と考えるようになった。寺澤さんは、一輝さんが亡くなってからのほうが、息子について考える機会が多くなったという。

（取材日　二〇一七年八月二十日）

# 三章

# 夢と現実の境界

# 「かあちゃん」と呼ぶ声が愛おしい

語り手　佐藤きみ子さん・宗男さん、
久保友美さん
聞き手　林　真希

角田市《かくだし》に住む佐藤《さとう》きみ子さん（63歳）と宗男《むねお》さん（67歳）夫婦は、家具などを製作する木工所を営んでいる。住まいと工場があるのは、山々に囲まれた、田んぼが広がるのどかな場所だ。

佐藤さん夫婦は、東日本大震災の津波で長男の宗晴《ときはる》さん（当時32歳）を亡くした。宗晴さんは震災の一年半前、結婚を機に両親の木工所を辞め、警察官として働いていた。勤務地は岩沼《いわぬま》警察署増田交番（岩沼市）だった。

震災当時、宗晴さんは妻子と官舎で暮らしていた。佐藤さん夫婦は、宗晴さんの妹の久保《くぼ》友美《ともみ》さん（32歳）夫婦と同居し、一月には孫が生まれていた。

三月十一日、木工所で働いていた佐藤さん夫婦は、経験したことのない大きな揺れに襲われ、すぐに自宅に戻った。友美さん夫婦と孫は無事だった。

宗晴さんの勤務地は、仙台空港も近い海沿いだ。きみ子さんは安否が心配だったが、警察官という仕事柄、忙しいのだろうと思い、その日はあえて電話をしなかった。

ところが、いくら待っても宗晴さんからの連絡がない。岩沼警察署から連絡が入った。宗晴さんが津波に巻き込まれ、行方不明だという。

連絡のとれるところにいて、一刻も早く息子に会いたい。佐藤さん夫婦は、翌日から警察署に泊まり込み、宗晴さんの帰りを待った。

このころ、きみ子さんは、寝ているときに首元をぐーっと締めつけられるような感覚を感じた。きみ子さんは「虫の知らせだった」と思っている。

八日後の十九日の夜、なかなか宗晴さんの消息がわからないため、佐藤さん夫婦は、いったん、家に戻ることにした。家に着いて間もなく、宗晴さんが見つかったという電話があった。慌てて警察署に戻った。

あの日、交番で勤務していた宗晴さんは地震発生後、すぐに仙台空港の方向に同僚と一緒にパトカーで向かった。一つの集落の住民を避難誘導し、次の集落を目指して海沿いを走っている最中、四メートルの津波にのみ込まれた。見つかったのは、海岸線から一キロほど内陸に入った資材置き場の敷地だった。

佐藤さん夫婦は、宗晴さんをその日のうちに連れて帰った。署員全員が敬礼で見送ってくれた。

きみ子さんは、震災の一年ほど前から奇妙な夢を頻繁《ひんぱん》に見ていた。黒くて大きな、もやもやとした恐ろしいものが自分の上にのしかかって来る。それまで感じたことのない怖さ、苦しさだ。まるで姿が見えない鬼に襲われているようだった。その夢を三月十一日を境にぱったりと見なくなった。きみ子さんは、息子に死の危険が迫っていたことを伝える予知夢だったと考えている。そう思うのには理由があった。

「昔、私の姉が一歳半の息子を事故で亡くしてるのね。事故の前に、姉が、『おっかない(怖い)夢を見るんだー』ってよく言ってたの。姉もきっと私みたいな夢を見てたんだなって思ったよ」

震災後にきみ子さんが見るようになったのは、宗晴さんの夢だ。とくに震災直後は繰り返し見ていた。

「かあちゃん」と呼ばれたり、「ハンバーグが食べたい」と甘えられたり、夢の宗晴さんは、きみ子さんに話しかけてくる。夢を見るのは、いつも明け方。その日はいつも以上に、宗晴さんのことを思い出してしまう。

「亡くなった人と会話はないって聞いたことがあるけど、夢で声を聞くとやっぱり宗晴はいつもそばにいてくれるんだね。どうしてるかなぁ、会いたいなぁって思う」

きみ子さんは居間にある宗晴さんの大きな遺影《いえい》に向かってつぶやいた。家の中には宗晴さんの写真がたくさん飾られていた。

きみ子さんが見る宗晴さんの夢は、震災の二年後、家族で四国遍路をしたころから、回数が減ってきた。きみ子さんたちは、今も毎年のように宗晴さんの遺影を持って四国八十八ヵ所を回っている。

今のきみ子さんは、夢で会うより、起きているときに、ふっと宗晴さんの存在を感じることのほうが多い。

二〇一六年十月、宗男さんが作った木製のプレートを岩沼警察署に届けに行ったときもそうだった。

その年の六月、宗男さんは、宗晴さんへの鎮魂《ちんこん》も込めて、一枚には「警魂《けいこん》」、もう一枚には「感謝」という文字の入ったプレートを作った。プレートを警察署に届けに行くとき、きみ子さんは宗晴さんの姿が見えたという。

「車の中で、お父さんの横に座ってたら、宗晴がにこーって笑ってたの。今はそんな感じで、起きているときに目に浮かぶことが多いよね」

生前の宗晴さんはおとなしく、我慢強い性格だった。怒ることはめったになかったが、からかって怒らせると怖かった。顔はきみ子さんの母親に似ていた。そんな愛《いと》おしい宗晴さんの姿がきみ子さんの胸の中にはいつもある。

宗男さんの夢は、きみ子さんより具体的だ。一番、記憶に残っているのは、二〇一五年に見た夢だ。

場所は木工所。宗晴さんは、実家で働いていたころと同じグレーの作業着を着て、黙々と仕事をこなしていた。

「何してんだ、こんなところで」

宗男さんが話しかけると、宗晴さんはこう答えた。

「俺、この仕事が好きなんだ。だから戻ってきた」

宗晴さんは大学を卒業後、木工所で八年間、働いていた。宗男さんの跡を継ごうと思ったのは、木工の仕事が好きだったからだ。宗男さんもそんな息子を頼もしく思い、新しい工具や機械を揃《そろ》えていた。

しかし、結婚が決まり、宗晴さんは、木工所の仕事を続けるかどうか悩んでいた。そんな息子を見かねた宗男さんは解雇を言い渡し、他の職業に就くように勧めた。

「ちょうど警察官の採用条件が三十歳まで引き上げられてね。公務員なら将来が安泰だし。木工所の事務所で一生懸命、試験勉強してたよね」と、きみ子さんは懐かしそうに宗晴さんの写真を見つめた。

「夢をね、元日に見たよ」

宗男さんが話し出した。

「仲よく頑張れよ」「足腰鍛えろよ」

宗晴さんはそう宗男さんに語りかけてきたという。

宗男さんは足が悪く、正座ができない。宗男さんもきみ子さんも昔気質《かたぎ》で譲らない性格のため、夫婦喧嘩《げんか》もしょっちゅうだ。そんな両親を心配しているのだろう。姿は見えないが、宗男さんは宗晴さんにいつも励まされている気がすると話す。

宗晴さんの妹の友美さんがよく覚えているのは、宗晴さんが見つかってから、一カ月ほどたったころの夢だ。

茶の間で友美さんと宗晴さんは並んで寝転んでいた。宗晴さんは警察官の制服を着ていた。友美さんは横にいる宗晴さんの頭を見て、「お兄ちゃん、気づいたら、頭、ずいぶん薄くなってるね～」と笑いながら話しかけた。

すると宗晴さんは「いいんだ～、もう。別にいいんだ～」と答えた。

家族がこたつに入って団らんしている夢を見たこともある。

「ビールが飲みたいなぁ」「ケーキ食べたい」

夢に出てきた宗晴さんは、友美さんに甘えてきた。

「兄がもうどこにもいないことは夢の中でわかってるの。せっかく兄に会ったんだから、もっといろんなことを聞きたいじゃない。波にのまれた瞬間、どうだったのかとか、最期はどんなに痛かったのか、どんなに苦しかったのか、とか。でも、聞きたくても聞けないのよね」

友美さんは夢を見たときは、必ず宗晴さんがリクエストしてきたビールやケーキを仏壇に供えている。缶のままではかわいそうだからと、ビールは必ずコップに注ぐ。

佐藤さん夫婦と友美さんは、宗晴さんの夢を見ると家族で語り合う。口に出すことで夢の記憶を留めることができるからだ。

「亡くなった人の話をすると仏さんが喜ぶんだって。法事は、故人を偲《しの》んでみんなが話をするためにあるんだよって、和尚《おしょう》さんに言われたの」(きみ子さん)

宗晴さんは職務中に亡くなった。警察を恨むような気持ちはないのだろうか。そうたずねると、きみ子さんは、「宗晴が亡くなったのは、誰のせいでもない」と何度も言った。

二〇一一年四月八日に震度6強の余震があった。木工所にいた宗男さんときみ子さんは、プレス機から落ちてきた木材に間一髪で巻き込まれずに済んだ。きみ子さんは「宗晴が助けてくれた」と感じた。

「あのとき、気づいたの。もし息子が警察官にならなくて、木工所で働いていても、宗晴は私を助けようとして死んでいたかもしれない。息子は三十二歳までしか生きられない運命だった。人間の寿命って決まってるんだよね、たぶん」

宗晴は人を救ってあの世に行った。であれば、親も立派になっていなければ駄目。前向きに生きていくって、こういうことなんだ。きみ子さんたちはそう思っている。

（取材日　二〇一七年一月二十七日、三月九日、五月九日）

# 夢が教えてくれた新天地

語り手　川崎優子さん（仮名）
聞き手　板橋乃里佳

川崎優子さん（53歳）は震災前、牡鹿郡女川町《おしかぐんおながわちょう》で、高校生を頭に五人の子どもと暮らしていた。

優子さんと子どもたち、父母、五人家族の姉夫婦、四人家族の妹夫婦は徒歩数分のスープの冷めない距離に住み、旅館や飲食店などを手広く手がける会社を経営していた。そんな代々続いてきた暮らしは、三月十一日で途切れた。

優子さんは、津波で母親（当時74歳）と妹（当時42歳）、妹夫婦の子どもである姪《めい》（当時14歳）を失った。旅館や飲食店もすべて破壊されてしまった。

女川町を襲った津波の高さは、役場の発表では一四・八メートルだが、崩壊した建物の高さや津波の痕跡を考慮すると、一七メートル、あるいは二〇メートルに達していたのではないかという推測もある。家屋の被害も町の面積の八九・二パーセントと、宮城県内でも群を抜いて高い。

あの日、優子さんは末の子どもと一緒に、家から車で十五分ほどのスーパーで買い物をしているときに、地震に遭《あ》った。すぐに自宅に戻り、子どもたちを探した。末っ子以外は中学校と高校にいるはずだが、帰宅しているかもしれないと思ったからだ。

子どもの名前を叫んだ。誰もいない。旅館に回ってみた。そこも誰もいなかった。さらに父母の家にも行ってみたが、人影はなかった。

「全員、避難したんだ」と安心した優子さんは、末っ子と一緒に中学生の子どもたちの様子を見に行くことにした。

中学校は高台にある。中学一年生の子どもとは校庭で会うことができたが、中学三年生の長女には会えなかった。三年生は卒業式の前日ということで、すでに帰されていた。

津波が町を襲うまで、女川の人たちに危機感は薄かった。一九六〇年のチリ地震津波のときは津波の速度が遅く、建物が浸水しても一階程度で済んでいたからだ。

優子さんは長女を探そうと車に乗り込み、中学校から自宅に続く坂道を下り始めた。すると、すれ違った軽トラックの男性が、「津波が来てるぞー！」と叫んだ。

「え？」

優子さんが軽トラックを見ると、その背後から津波が迫っていた。優子さんは、慌ててUターンし、アクセルを踏み込んだ。優子さんは中学校に逃げ込み、助かった。校庭を見ると、避難してきた人たちが女川の町を唖然《あぜん》とした表情で見下ろしていた。

津波は女川の町を徐々に覆《おお》い尽くしていった。まるで大きな水の塊にじわじわと浸食されていくようだった。

「電車がずるずると流されていったり、LPガスのタンクがバーンって爆発する音が聞こえたり……。私もそこにいる人たちも、誰も口がきけなかった。中学生たちは、先生方の配慮でブルーシートをかぶせられていてね。町を見ないで済むように、寒くないようにって」

このままでは中学校も危ないかもしれない。優子さんたちは、さらに貯水池がある高台に逃げた。幸い、津波は中学校に続く坂道の途中で止まった。

優子さんと娘二人が体育館に避難していると、命からがら津波から逃げ出してきた人たちが続々と集まってきた。

翌日、心配して駆けつけたいとこが、先に中学校から帰った長女と父親の無事を教えてくれた。姉の一家や妹の夫、姪の一人にも会えた。しかし、高校生の長男と次男、母親、妹、もう一人の姪の行方は、その日はわからなかった。

高校は海から遠い。息子たちは無事のはず、と優子さんは自分に言い聞かせたが、その晩は、心配で眠れなかった。数日後、高校生の息子たちの無事を知り、ようやく少しほっとした。あとは、母親と妹、姪だ。

避難所や思い当たる場所を探しても、なかなか三人は見つからなかった。優子さん家族は、次第に焦りを感じるようになっていった。

一方で、運動場には、多くの遺体が運び込まれていた。亡くなった人の名前が掲示板に次々と貼り出されていく。その増え方は、恐ろしいほどの勢いだった。

優子さんは、毎日、何度も運動場に行き、祈る思いで貼り紙に書かれた名前を注意深く見ていった。しかし、三人の手がかりは、まったく得られなかった。

震災から一週間ほどたったころ、優子さんは夢を見た。避難所で落ち着くことができず、うとうとしていたときだ。枕元に誰かがいる気配がした。母親と妹だった。

妹が優子さんに、「こうちゃんに、どうもありがとうって伝えて」と話しかけてきた。こうちゃんとは、妹の夫だ。さらに妹は言葉を続けた。

「あやかのこと、よろしくね」

妹は助かった娘のことも心配していた。母親も優子さんに語りかけてきた。

「お父さんのこと、よろしくね。会社のことは優子がやってね」

そこで目が覚めた。

震災から一週間たっても会えないのは、おそらく母親と妹、姪は、もうこの世にいないのだろう。心の奥でそう思っていたが、優子さんは認めたくなかった。夢の中の母親と妹の言葉は、まるで遺言のようだった。優子さんは、亡くなった事実が確定してしまったような寂しさと悲しさを感じた。

優子さんは夢の話を妹の夫に話した。義弟は言葉もなく泣いた。

優子さん一家が大切に守り続けてきた旅館も、残っていたのは鉄骨の裏階段と大浴場の湯船だけだった。

「なんにもなくなっちゃった。唯一、見つけたのが、テーブル一つと息子の健康器具みたいなのだけ。写真も一枚も見つからなかったの」

四月六日、瓦礫《がれき》が積み重なった薄暗いすき間から姪が見つかった。母親と妹も一緒にいたはずだが、見つかったのは姪だけだった。唯一の救いは、遺体に目立つ傷がなかったことだ。姪は、数日後に十五歳の誕生日を迎えるはずだった。

優子さんはその後、父親も失ってしまった。父親は避難所で暮らし始めてから、持病が急速に悪化し、起き上がれなくなっていた。診断は肺炎だったが、薬を飲んでも一向によくならなかった。

亡くなったのは、震災から三カ月ほどたったころだ。優子さんたちが避難所を出て、みなし仮設住宅のアパートで暮らし始めたときだった。

優子さんは、避難所で父と再会したとき、入り口に寝ていた父親が通る人たちにどんなに邪魔にされても、「お母さんがまだ来ていないんだ。お母さんが来たときにすぐにわかるように入り口を離れたくない」と言い張っていたことが忘れられない。

二〇一七年になっても、母親と妹の行方はわかっていない。近所の人は、車に乗り込む姿を見かけたと教えてくれた。車は発見されたが、二人の痕跡《こんせき》はどこにも見つけられなかった。

「最近、やっとだよね。七回忌《しちかいき》が終わって、ようやく母たちの死を受け入れられるような気がするのは。どこか海外に生きて流れ着いてないかな、とか、記憶をなくして生きてないかなとか、ずっと思ってた。父は最期を看取ることができたし、お別れもできたから心残りはないけれど」

今、優子さんは多賀城市《たがじょうし》で飲食店を新たに開き、再出発している。まったく縁のない土地だったが、移転を決めたきっかけは、夢の「お告げ」だった。

「震災から一週間くらいたったころ、夢の中で突然、男の人の声が聞こえてきて、『今、多賀城がどうのこうの、って言ったの。私、飛び起きて、近くにいた知り合いに、『今、夢で言われたんだけど、多賀城ってどこ?』って聞いちゃった」

優子さんは、声の主が先祖の誰かだったのではないかと考えている。

実際に行ってみると、多賀城市も沿岸部は津波で壊滅《かいめつ》状態だった。しかし、優子さんは、多賀城市での再建にこだわった。

「被災した私たちは、義援金をいただいたでしょう？　どこのどなたなのか、わからない方たちからいただいた気持ちだから、返したくても返せないのよね。だから、私にできることで、できるだけたくさんの方に感謝の思いを返していこうと思ったの」

その気持ちを後押ししたのは、震災後、初めて被災地以外の場所に行ったときの経験だった。自分たちは家も仕事も失い、寄付されたちぐはぐな衣服を着て、お風呂にも満足に入れず、炊き出しを食べている状態なのに、被災地の外では震災前と変わらない暮らしが続いている。その落差を目の当たりにしたことが、故郷を出る決意につながった。

優子さんは今も亡くなった家族の夢を見る。震災から二年ほどたったころには父親の夢を見た。くたびれた服を着て、リヤカーを引き、野菜を売っていた。

「なんでそんなことをしているの？」と聞くと、父親は「俺はこれが楽なんだ。こういうふうに生きたかったんだ。こうやっていると、世の中のいろいろなことが見えるんだよ」と答えた。

働き者だった母親は、夢の中でも忙しく働いていた。母親の独特の話し方や口癖《くちぐせ》が懐かしい。妹も震災前と同じように、やさしい笑顔で優子さんに微笑《ほほえ》んでいた。

「そうそう、こういう人たちだったな」

優子さんは、母親たちの夢を見ると、久しぶりに会えたうれしさを感じながら、家族との在《あ》りし日を思い出している。

（取材日　二〇一七年六月二十一日）

# 泥だらけの姿で「ありがとな」

語り手　西岡 翼さん
聞き手　本田賢太、伊藤日奈子、
　　　　齊藤香菜子

仕事帰りの西岡翼《にしおかつばさ》さん（34歳）は、緑色の作業着姿だった。やや強面《こわもて》の印象だったが、私たち（本田、伊藤、齊藤）の問いかけに、一つひとつ真摯《しんし》に向き合ってくれる姿からは、翼さんの誠実さやさしさが伝わってきた。

ふだん見る夢について聞くと、こう言いきった。

「夢って記憶に残らない。俺、ぜんぜん覚えていないんだよね」

そんな翼さんにもたった一つだけ、忘れられない夢があるという。東日本大震災から一カ月半ほどたったある日、友人の両親が夢に出てきたのだ。

夢の場面は、友人がかつて住んでいた家だ。翼さんの実家から車で五分もかからない場所にあった。友人の両親は海苔《のり》店を営んでいて、翼さんは震災の一年前までアルバイトとして働いていた。

「こんにちは〜」

震災前と同じようにドアホンも押さずに引き戸を開けた。するとそこに、津波で流されたはずの友人の両親がいた。頭から体まで泥がべったりとつき、服を着ているかどうかも判別できないほどだったが、確かに友人の両親だった。

父親は玄関の真ん中にどんと構えた様子で仁王《におう》立ちし、母親は父親の右隣にある茶の間の入り口に座っていた。

「あれ？　生きてたんだっけ」

そう思うほど、友人の父親はアルバイトをしていたころ、毎日、見ていた姿のままだった。父親が翼さんにたずねた。

「なんで探しに来たのや」

翼さんが答える。

「いや、いろいろお世話になったんで」

その後も父親と何かしらの会話を交わしていると、母親が苦しそうな表情で翼さんを見つめながら近づき、急に右足にしがみついてきた。それはまるで水に流されないように必死でしがみついているようだった。

翼さんは怖くなった。右足をつかむ手の感覚は強烈だった。

「探しに来てくれて、ありがとな」

父親の一言でパッと目が覚めた。目から涙が流れていた。目覚めてからも、右足に残った感触は忘れられなかった。

友人一家は、震災の一年前に亘理《わたり》郡亘理町《ぐんわたりちょう》に自宅と作業場を移転していた。それをきっかけに翼さんはアルバイトを辞め、友人と連絡をとる回数も減っていた。

そして、震災が起きた。翼さん自身は、家族も家も被害はなかったが、仕事は大変だった。震災の影響で翼さんは休日返上で仕事に追われた。友人や知人、彼らの家族が津波に巻き込まれて亡くなっていたり、家や仕事を失ったりという話を聞くのも辛かった。

先の見えない暗闇《くらやみ》を進むような日々。いつまで続くのだろう……。

そんなときに友人の両親が行方不明になっていることを知った。翼さんは、二日間、仕事を休んで捜索を手伝うことにした。友人の両親は、トラックで避難している途中で津波に巻き込まれたらしい。

翼さんは友人と一緒に自宅の周辺や津波に流されたトラックの中、遺体安置所をめぐった。安置所では、一人ひとりの遺体を確認していった。

「霊感はまったくないのに、初日が終わったときには、体がすごく重くなって、翌朝もなかなか起き上がれなかった。二日目も亘理町に行って遺体安置所や瓦礫《がれき》が散乱する町とか、心当たりの場所を探せるだけ探してみた。友だちが海側を探したいって言ったとき、俺はなぜか山側の住宅地のほうから何かを感じたんだよね」

その二日間で友人の両親を見つけることはできなかったが、後日、友人から見つかったと連絡があった。

翼さんは、どこで見つかったのかと聞いた。友人は、翼さんが捜索中、気になっていたあたりだったと答えた。

「おじさんとおばさんにはバイト中、お世話になったからね。夢を見たのが、見つかったって聞いた前なのか、後なのかは覚えていないんだけど。死んだ人は夢に出てきてもしゃべらないって聞いたことがあるけど、おじさん、しゃべってたんだよね。それが不思議でしょうがないよ」

夢には理屈で表せない何かがあるのだろう。翼さんは、自分なりにそう結論づけている。

友人の父親は探してくれた感謝の思いを、母親はこの世に未練があることをどうしても伝えたかったのかもしれない。

（取材日　二〇一七年五月十三日）

# 聖也、叱ってばかりでごめん

語り手　小原武久さん
聞き手　金菱　清、阿部穂乃香

東日本大震災は、東北学院大学（仙台市）の教職員にも大きな爪痕を残した。現在は東北学院榴ヶ岡《つつじがおか》高校に勤務する小原武久《おばらたけひさ》さん（61歳）もその一人だ。武久さんは、自宅にいた一人息子の聖也《せいや》さん（当時27歳）を津波で失った。

武久さんの自宅があったのは、仙台市に隣接し、仙台空港も近い名取市《なとりし》閖上《ゆりあげ》。武久さんが生まれ育った地で、結婚してからも、妻と聖也さんと暮らしていた。閖上が命を脅《おびや》かすほどの津波の危険地帯であると広く知られるようになったのは、東日本大震災以降だ。震災前は、津波が来ても、たいした被害はないだろう、というのが多くの住民の認識だった。

それにもかかわらず、武久さんは震災前、津波の夢を二回見ている。

夢の一つは、子どものころから慣れ親しんだ閖上の海辺にいると、津波が襲ってくるというもの。武久さんは、現実の閖上にはない高い木に登り、押し寄せる津波から逃げることができた。

もう一つは、津波が来ると聞き、慌てて逃げる夢だ。武久さん一家は、広浦に架かる橋を走って逃げた。家族は全員助かり、ほっとした。

「なぜ、津波の夢を見たんでしょうね。それも二回も。あの津波の夢は、今もはっきりと覚えているんです」

震災後は、津波の夢を何度も見ることになった。あるときは、押し寄せる津波から妻と逃げている。すると突然、高台が現れ、助かるという夢を見た。

「最初はたいしたことないんだろうなぁ、と思っていたら、前から迫ってくる津波がどんどん大きくなってくるんです。これは大変だ。後ろに逃げなきゃ、と思っていると、後ろからも津波が襲ってきて、もう駄目かなぁ、と思っていると、突然、高台が現れて、助かるんです。私は津波を直接見ていないので、この津波の夢は、ニュース映像が影響しているのかもしれませんね」

震災が起きた三月十一日、前夜の天気予報は、朝から雪。雪道の運転が苦手な妻は、武久さんの車に乗って出勤し、聖也さんは2級FP（ファイナンシャルプランニング）技能検定の受検手数料を納めるために、母親の車で出かける予定だった。ところが朝になってみると、予報は外れ、晴れていた。聖也さんは母親に「早く帰ってきてくれれば、そのあとに出かけるから、先に車を使っていいよ」と話した。武久さん夫婦は、それぞれ自分の車で出勤した。

武久さん夫婦は、あの日の朝、車を一台残していれば、息子は助かったかもしれない、と後悔している。

「玄関の鍵、締めていってね」

出勤する武久さんに、聖也さんが最後にかけた言葉だ。愛犬のエッグを抱いていた姿が、今も目に浮かぶ。

震災当日、TG会（東北学院同窓会）の打ち合わせを終えた武久さんは、東北学院大学の土樋《つちとい》キャンパスに戻るタクシーに乗っていた。カーラジオから緊急地震速報が流れた直後、車体が大きく弾むように揺れた。

すぐに自宅に一人でいる息子の携帯電話に電話をした。しかし、何度かけても通じない。固定電話も同様だ。

津波のことは頭になかった。土樋キャンパスに戻った武久さんは、携帯電話のワンセグで仙台空港を津波が襲う映像を見て驚いたが、自宅の二階に上がっていれば、聖也さんは無事だろうと思っていた。

武久さんは、強い余震がある程度収まるまで、教職員や学生たちと、土樋キャンパスの向かいにある東北大学のテニスコートに避難した。余震が少し収まり、雪が降り出した午後四時ごろ、土樋キャンパスに戻り、教職員たちと一緒に近隣住民の避難場所になっていた体育館に毛布や石油ストーブ、乾パンなどを運んだ。

午後五時ごろ、ようやく教職員も帰宅できることになった。仙台市内に勤務する妻と合流し、車で自宅へ向かった。

途中、カーラジオから何度も仙台市の荒浜《あらはま》に二〇〇体から三〇〇体の遺体が浮かんでいるというニュースが流れてきた。武久さんは、津波のすさまじさをようやく現実として感じるようになっていた。

閖上小学校と閖上中学校の屋上に多数の住民が避難していると知ったことと、道路が冠水《かんすい》し、それ以上、車を進めることができなかったことから、武久さん夫婦は、名取市役所に向かった。

市役所に着くと、津波に襲われた閖上の映像がテレビに映っていた。自宅があった閖上の家屋がすべて流出していた。

翌日、近所の人が震災直後の聖也さんの様子を教えてくれた。聖也さんはエッグを抱きながら、津波に流されてしまったという。

それでも希望を抱きながら、武久さん夫婦は、聖也さんを探し続けた。しかし、どこを探しても聖也さんに会えない。三月十五日からは、遺体安置所になっていた旧仙台空港ボウルに毎日、通うようになった。

三月二十七日、聖也さんが見つかった。当時、安置所にはまだ数多くの遺体が並んでいた。一体一体確認していると、妻が一つの棺《ひつぎ》の前で「聖也に似ている」と武久さんを呼んだ。

何度、電話をしても通じなかったブルーの携帯電話、武久さんが出張土産に買ってきたアバクロンビー&フィッチのパーカー、妻が毎日、洗濯していたキクチタケオの下着が確認の決め手になった。見つかった状況は、棺の上の紙に記入されていた。「3月26日（土）午後2時、自衛隊により名取貨物運送裏の瓦礫《がれき》下で発見」

聖也さんを荼毘《だび》に付したのは、四月三日。武久さん夫婦にとって、人生でもっとも辛い日になった。

このころ、武久さんは聖也さんの夢を見た。亡くなる直前の姿で、「これから行くところがあるから。じゃあね」と言って、どこかへ行ってしまった。

その後も武久さんは、週に二、三回は聖也さんの夢を見るようになった。夢の中の聖也さんは小学生のころの姿だったり、中学生や高校生、亡くなる直前の姿だったりと、年齢はさまざまだ。

震災から二年ほどの間、武久さんがよく見ていたのは、聖也さんを叱る夢だった。

武久さんは、聖也さんが小学生のころまで、しつけに厳しかった。嘘をついてはいけない、肘《ひじ》をついてごはんを食べてはいけない、家に帰ったら帽子を脱ぐ、ちゃんと挨拶をする。日常のこまごまとした折に、武久さんは聖也さんを叱った。

「夢の中の私も、言うことを聞かない聖也をげんこつで殴ったり、叱っていたりするんです。夢から覚めると、聖也に申し訳ない気持ちでいっぱいになり、今さらながら、布団の中で『聖也、ごめんね』と、何度も謝りました」

武久さんが厳しかったのには、理由がある。武久さんも幼いころ、父親に厳しく育てられていた。そのため、父親とは子どもにそうするものだと思っていたのだ。

「将来を考えて、大学附属の中高一貫校に入れたのも、親の身勝手でした。小学校の友だちと別れさせてしまいましたから。ただ、厳しかったのは小学生までで、中学生になってからは、聖也を自立させたいと、逆に少し甘やかしてしまったところがあるかもしれません。『勉強しろ』とも、しつこくは言いませんでした」

とつとつと語る武久さんの話には、何度も「反省」という言葉が出てきた。聖也さんを叱る夢を見たときは、「また、同じことを繰り返しているなぁ」と自分が情けなくなったという。

同じころ、もう一つ、印象に残っている夢がある。棺に納められた聖也さんを葬儀に出す夢だ。

夢を見ている武久さんに、聖也さんが津波で亡くなっているという意識はなく、死因はよくわからない。棺は、見たこともない大きな部屋に、ぽつんと置かれてあった。

　武久さんが見る夢の内容が変わってきたのは、震災から二年を過ぎたころからだ。聖也さんが、間もなく不治の病で亡くなる運命にある、という夢を見るようになった。死因は癌《がん》が多かったが、脳腫瘍《のうしゅよう》だったこともある。

　不思議なのは、夢の中の聖也さんは、とても病気を抱えているようには見えなかったことだ。はつらつとバスケットコートを走り回ったり、ベンチでチームメイトと談笑していたり、とても楽しそうだ。武久さんは、「こんなに元気なのに、なぜ死ななければならないのか」と納得できなかった。

　生前の聖也さんは大病をしたことはない。学生時代からバスケットボールに親しみ、社会人になってからも、ときどき、仲間と楽しむほど健康だった。

「自分が病気で死ぬことを、夢の中の聖也が知っているのかどうかはわかりません。私だけが息子がいずれ亡くなることを知っているんです」

　夢はさらに続く。武久さんは、聖也さんの未来が途切れていることを受け入れ難く、理由を考え続けている。すると「あれ？　待てよ。聖也は津波で亡くなったはず」と現実を思い出すのだ。

　その瞬間、目が覚める。時間は、たいてい午前二時か三時だった。

　武久さんは、毎朝、仏壇の聖也さんに手を合わせる。そして、叱る夢を見たときは、必ず「ごめんなぁ」と謝る。元気な聖也さんの夢を見たときは、「また元気な姿で会おうね」と心の中で話しかけている。

夢に出てきたことをたまに妻に話すが、妻から夢の話を聞いたことはない。

「夢、見ないのかなぁ。宝物にしてんのかなぁ」

武久さんは、少し遠くを見つめながら、つぶやいた。

私たち（金菱、阿部）が夢のインタビューをお願いしていた日の前夜、武久さんは聖也さんの夢を見たという。

「津波に流された閖上の自宅で、私と聖也が寝てるんです。私の部屋で、布団に入って。そこから場面が飛んで、車を運転しながら、二人で旅行している光景に変わりました。初めてです。聖也と死が結びつかない夢を見たのは」

聖也さんの遺骨は、七回忌《しちかいき》を迎えた二〇一七年の春、菩提寺《ぼだいじ》の再建が始まったタイミングで納骨した。納骨するまでの一カ月半は、仮安置をしていた葛岡《くずおか》霊園から新築した自宅に遺骨を移した。短期間でも新しい家で聖也さんと一緒に暮らしたかった。

菩提寺に遺骨を納めたことで、ようやく慰霊する場所も落ち着いた。もしかすると、そのことが、聖也さんと楽しく過ごす夢につながったのかもしれない。

（取材日　二〇一七年十月一日）

# お母さんとヨシ君を助けたい

語り手　佐藤志保さん
聞き手　金菱　清

佐藤志保《さとうしほ》さん（42歳）は、夢を見るとフェイスブックに書き残している。見たままを書くときもあれば、メッセージを加えることもある。二〇一四年六月二十二日の書き込みは、こんな夢だ。

夢を見ました。私のそばにはかわいいヨシくんがいました。話しかけると、普通の子どものように話せるヨシムネ。生きてたんだー!!　ヨシムネ。いついなくなるか心配で、ほんとに生きているのか？　もしかして幽霊かと疑ってもみた。

夜になって親戚の家に行き、家に一人で寝かしつけてきたヨシムネが気になるから早めにおいとまし、母も一緒に帰ってきた。

母に「なんかヨシムネが生きているって、まだ信じられないんだよね。突然またいなくなりそうで不安なんだ」とたずねると、母は、「今、見えていることがほんとのこと（事実）なんだよ」って私をさとすように言った。

すると、突然小さい火の玉が現れて、シャボン玉みたいに小さくなり、母はそのまま消えて、私はその瞬間、金縛りに遭《あ》い、お経を唱えながら目を覚ましました。

震災後、志保さんと父親は、新しく佐藤家の墓を建てた。しかし、中は空っぽだ。津波にさらわれた母親（当時58歳）と息子の嘉宗《よしむね》君（当時7歳）が、今も行方不明だからだ。

志保さんは震災前、石巻市北上町十三浜《いしのまきしきたかみちょうじゅうさんはま》に両親と嘉宗君と住んでいた。母親は美容師だった。志保さんの弟は、冗談交じりに「母さんは美容師だったから、〝きれいなまま〟逝《い》ってしまったんだよ」と言うこともある。遺体が見つからないのは、津波に巻き込まれた自分の体を見せたくないのだろう、という意味だ。

志保さんは震災時、石巻市の内陸部にいたため、津波を見ていない。しかし、夢の中では、何度も津波に遭っている。そのたびに跳ね起き、激しい動悸と荒い呼吸を鎮《しず》めようとしてきた。そして、津波の夢を見たあとは、一分以内に地震が起ることが多い。

二〇一二年八月三十日に見た夢は、こんな内容だった。大地震が起こり、家の窓ガラスが何枚か割れた。母親はガラスの破片を踏んでしまい、足の裏を濡《ぬ》れた雑巾で拭いている。愛犬の「もん」も破片で鼻をケガしていた。志保さんは、避難しようかと考えながら、犬のリードを探しているところで目が覚めた。

「夢だった」と起き上がった瞬間、宮城県を震度5の地震が襲った。

「地震や津波の怖さを忘れかけたころに見るし、母が出てくるので、『忘れるな』って言ってるんじゃないかと、いいほうに解釈してるんです」

こんな夢もあった。地震が起こり、道路には地割れができている。母親は「でっかい津波が来た〜」と言って自宅の勝手口から逃げて行った。

志保さんは、避難に必要なものをリュックに詰め、嘉宗君を背負い、小高い丘の上にある神社に向かって急な階段を駆け上がろうとした。しかし、足が空回りして、思うように走れない。振り向くと、背中の息子が、幼いころの妹に入れ替わっていた。

「この夢は二、三回見てます。妹が小さいころ、よく子守りを任されていましたけど、今の私には息子のほうが大事。それなのに、妹と入れ替わってしまうんです」

大きな地震が連続して起こり、二度目の地震のときに母親と妹が海に落ちてしまい、おぼれそうになっている夢を見たこともある。

二人が落ちた海にはいつもと違う波が立っている。津波が来るのだ。慌てて志保さんは、母親と妹を助けに行くが、妹はすでに波に巻き込まれ、助けようがない。

志保さんは母親を必死で引き上げ、一緒に神社に逃げた。そのときの志保さんは、母親が現実で亡くなっていることを自覚している。だからこそ、「また死なせたら駄目」と強く思いながら、志保さんは階段を駆け上がった。前にいた三人を抜くほどの足の速さだった。

志保さんと生前の母親は、喧嘩《けんか》が絶えなかった。志保さんが料理や洗濯を手伝おうとすると、母親は「あとで全部、やり直さなきゃならないから」と言って、近づかせなかった。母親は父親や弟、妹、嘉宗君もよく叱っていた。

「何もかも家の中が自分の思い通りになっていないと気が済まない人でした。こっちの方言で妙に細かい人を『すんけたがり』っていうんですけど、母は、まさにすんけたがりでした」

幼いころからのすれ違いが重なり、志保さんは、いつからか母親が嫌がることをわざとするようになっていた。当然、母親は志保さんを叱る。志保さんはそんな母親をからかったり、嫌みを言ったりして、さらに怒らせていた。

母娘の関係が最も悪化したのは、震災の二年ほど前だ。口喧嘩《くちげんか》が収まらず、母親は包丁を持ち出して、「今、家を出なかったら殺してやる」と叫んだ。たまりかねた志保さんは、嘉宗君と家を出た。まさか本当に家を出るとは思わなかった母親は慌てて電話をかけてきたが、志保さんは一切、出なかった。

一週間ほどたったころ、母親がショックで寝込み、食事も取れなくなっていることを父親から教えられた。「性格が悪い娘だから、弱った顔を見に帰ってあげるね」と言いながら帰ると、二人を見て、両親は泣いた。しかし、母親の仕打ちが忘れられない志保さんは、許す気になれなかった。

最後も喧嘩別れだった。震災の前日、志保さんはおいしいと評判のロールケーキを買って帰った。志保さんの家計は、必要経費を払うとほとんど余裕はない。それでも家にお金を入れていた。残り少ない自分の小遣いからケーキを買ったのは、家族みんなで食べたらおいしいだろう、と思ったからだ。

「それなのに、母は『居候《いそうろう》なんだから当たり前でしょ』って言うんです。そんな憎まれ口を叩《たた》くくせに、母は嘉宗と『おいしいねぇ』って食べたんですよ」

果てしなく母親を憎んでいたと、志保さんは言う。しかし、震災後、志保さんは知った。母親は、家に入れていたお金をすべて嘉宗君の名義で貯金していた。

二〇一三年五月、北上町《きたかみまち》が久しぶりににぎやかになった。震災で途絶えていた春祭りが復活したのだ。

志保さん姉妹は神楽《かぐら》を舞うため、母親の美容師仲間に着付けをしてもらうことになった。着付けの途中、姉妹は泣き出した。母親の着付けは、どんなに動いても着崩れなかったことを思い出したからだ。

「『生きてるときはごめんね』って、母の位牌《いはい》やお墓には今も素直に手を合わせられない。親不孝なことばっかりしてきたから」と志保さんは言う。

息子の嘉宗君の夢は、母親とは異なり、楽しげだ。

志保さんは、嘉宗君が「僕、月曜日が好きなんだよね」と話しかけてくる夢を見たことがある。「なんで?」と、志保さんが聞くと、嘉宗君は「月曜日から学校に行けるでしょ。学校が好きなんだ」と答えた。

じつは嘉宗君は三歳のころ、自閉症と診断された。そのため、自分の思いを言葉にしてうまく伝えることができなかった。言葉で人とつながれないもどかしさ、こだわりの強さから、嘉宗君は度々、いらだちを志保さんにぶつけてきた。自傷《じしょう》行為で鎮めようとしたこともある。志保さんは、そんな嘉宗君を抱きしめ、何度も一緒に泣いた。

だが、志保さんは諦《あきら》めなかった。嘉宗君が生きやすい社会にするにはどうしたらいいか、周囲の協力を得ながら、道を探ろうと前向きに取り組んでいた。両親も嘉宗君をかわいがった。落ち着いているときの嘉宗君は愛らしく、家の中を明るくしていた。

震災から半年ほどたったころに見た夢も、言葉を話すところは違っていたが、しぐさは生前の嘉宗君そのままだった。

「ちょうだい、ちょうだい」と言いながら、嘉宗君は小さな手を志保さんに差し出した。「ちゃんとしゃべった！　えらい、えらい」と志保さんがほめると、嘉宗君は「いいえ」と言い、母親たちの笑いを誘っていた。

一度だけ、志保さんは後味の悪い夢を見たことがある。嘉宗君は瀕死《ひんし》の状態で、浜辺に打ち場所は、嘉宗君とよく行った自宅近くの海。嘉宗君は瀕死の状態で、浜辺に打ち上げられていた。背中には、津波の瓦礫《がれき》に交じっていたらしい剃刀《かみそり》が深く刺さっていた。

「もう助からないのがわかるんです。あの夢だけは、辛くて悲しかった」

いまだに遺体が見つからないこともあり、志保さんは二人の死を受け入れたとは言い難い。藁《わら》にもすがる思いで、青森の霊能者を訪ねたこともある。仏壇やお墓を拝むのも気は進まない。それでも手を合わせるのは、父親のためだ。

地震の後、父親は津波が来るからと、母親と嘉宗君を集落の奥にある親戚の家に避難させた。しかし、津波は容赦なく、集落の奥まで達した。高台に避難していた父親は、親戚の家が津波に巻き込まれるのを見ていることしかできなかった。

父親は毎晩のように仏壇の前で「申し訳ない」と泣く。だから、志保さんは父親の前では泣かないと決めている。

そんな父親が震災から一年半たったころ、「夢を見た」とメールをしてきた。

おはよう。

夕べ、よち（嘉宗）くんの夢を見られて、とってもうれしい朝を迎えているよ。一年数カ月ぶりに、よちくんの体にいっぱい触《さわ》ったし、抱きしめてやったが、夢だった。最初は金縛りだと思ったけれども、よちくんだとわかったので、待ってたよ、と声をかけてから、いっぱい抱いてやりました。また、来てくれないかな。メールを打ちながら、涙が出てくる。でも、うれしくてたまらない。

父親のメールにはそう書かれていた。

私（金菱）が話を聞いて五カ月ほどたった二〇一七年九月、志保さんのフェイスブックに、新しい夢の書き込みがあった。場所は、自宅と一緒に流されてしまった母親の美容院だ。

美容院の鏡の前で手紙を読みながら、お母さんのこと、助けたかったと私が泣いていたら、お母さんも泣いていた。

（取材日　二〇一七年四月十六日）

# 家族の絆は生死を超えて

語り手　村田元子さん、志賀としえさん
聞き手　會川　樹

「震災が起こるずっと前から、自分が津波に遭《あ》う夢を見てたの」

こう話すのは、仙台市在住の村田《むらた》元子《もとこ》さん（52歳）だ。

私（會川）は、元子さんの妹の志賀《しが》としえさん（46歳）から、「姉が震災後、よく夢を見る」という話を聞き、インタビューをお願いすることにした。うかがったのは、元子さんの自宅。としえさんにも同席してもらった。

二人は三人兄妹で、元子さんの上に三歳離れた兄の俊勝《としかつ》さんがいる。三人が育った家は気仙沼湾《けせんぬまわん》のすぐそばにあった。元子さんとしえさんは、就職を機に実家を離れたが、気仙沼市内の工場に勤める俊勝さんは、結婚後も妻子と一緒にワカメと牡蠣《かき》の養殖業を営む父親（当時79歳）と母親（当時73歳）と暮らしていた。

「津波の夢は子どものころから見ていて、しばらく見ていなかったんだけど、大人になってからもまた見るようになったの。回数はそんなに多くなくて、何年かに一回のペース。すごくもがいて助かろうとするときもあれば、もう避けられないって襲ってくる波をじっと見てるときもあったり、状況は毎回違ってた。でも、最後に津波に巻き込まれるのは同じだったから、よく覚えていたんだと思う」（元子さん）

なぜ津波の夢をよく見たのだろう。元子さんは、もしかすると、前世の記憶のようなものがあるのではないかと考えていた。気仙沼は古くから何度も津波に襲われ、多くの人が亡くなっている。亡くなった人の魂が夢に出てくるのかもしれないとも考えていた。

「津波の夢なのに苦しくなくって、案外、きれいな景色だったのよね」（元子さん）

元子さんたちは、津波で両親と義姉のより子さん（当時52歳）を亡くした。両親と義姉は車で自宅近くの高台まで避難していたとき、津波に巻き込まれたと、一緒にいた人からのちに聞かされた。

最初に見つかったのは、父親だ。自宅から一〇〇メートルほど離れた自分の軽トラックの中にいた。家族と再会できたのは三月十八日。兄が遺体安置所に横たわる父親を見つけた。

父親は働き者だった。養殖で生計を立て、漁の合間に田畑の農作業にもいそしんでいた。どちらも天候や自然災害に左右される仕事だ。三人の子どもを育て上げるのは容易ではなかった。

「仕事が終わって、さぁ、ごはん食べるよ、お酒を飲むよってなるまでは、ずっと働いてたよね」「そうそう」と、元子さんとしえさんは、懐かしそうに父親の働く姿を思い浮かべた。

次に見つかったのは、義姉のより子さんだ。三月二十四日、自宅からほど近い気仙沼向洋《こうよう》高校の近くで見つかった。

元子さんとしえさんはより子さんと仲がよく、本当の姉妹のようだった。里帰りをすると、義姉はいつも温かく迎えてくれた。

それから半月ほどあとの四月二日、自衛隊が集中捜索をした最終日に母親らしき女性が見つかったという連絡が兄の元へ入った。遺体確認には元子さんたちも駆けつけた。母親は見つかるまで時間がかかったが、奇《く》しくも義姉が見つかった場所と同じ、気仙沼向洋高校の瓦礫《がれき》の中から発見された。

「遺体を見る前に、写真を見せられたんだけど、見覚えのない顔で本当に母なのかなって思った。でも、直に見たら、やっぱり顔や歯の形が母なのよね。身に着けていたものも、私や兄がプレゼントした服や小物だったから、『ああ、お母さんだ』って納得できた」（元子さん）

震災後、元子さんは定期的に見ていた津波の夢をピタッと見なくなった。その代わり、亡くなった家族の夢を見るようになった。

最初に見たのは、震災から二、三カ月たったころ。母親の夢だった。母親は明るく、情の厚い女性で、子どもの教育やしつけにも熱心だった。

「父には叱られたこともあまりなかったし、大好きだった。だから、父が一番、夢に出てきてもいいと思うのよね。でも、夢でよく見るのは母。母、義姉、父の順で出てくる回数が多いの」（元子さん）

母親は、元子さんの将来を思い、つねに人としての道理や、女性としてのたしなみを厳しくしつけてくれた。その気持ちはありがたかったが、ときには反抗したくなることもあった。だが、母親の強さにはかなわなかった。

今も自分を叱る姿が思い浮かぶことがある。しかし、子ども時代と違うのは元子さんも母になり、子育ての苦労がわかるようになったことだ。母親は母親のやり方で自分を愛してくれていた。「母とのつながりは、やっぱり特別」と元子さんは言う。

「お母さんには自慢の娘だったもんね、お姉ちゃんは」（としえさん）

元子さんの夢は、父母と義姉の誰が出てきても、大きくは変わらない。震災前、実家で過ごしていたときの日常風景だ。しかし、なぜか三人が一緒に揃《そろ》うことはない。いつも誰かが一人ずつ出てくる。そして、夢を見ている元子さんには、その人が亡くなっているという感覚がない。まるで、家族と過ごした記憶をなぞるようだ。

夢の中の父親は、こたつに入ってテレビを見ていたり、にこにこしながらお酒を飲んだりしている。

生前、元子さんは、父親が座って、ゆっくりしている姿を見ることはほとんどなかった。しかし、夢では楽しそうに、のんびりと過ごしている。それも、亡くなったころより年をとっていた。

「本家のおじいちゃんが晩年、こたつに座ってテレビを見ていた記憶があるんだけど、夢の父はそんな感じ。『本家のおじいちゃんに似てきたねぇ』って、私は眺めているの」(元子さん)

母親と義姉の夢も何気ない会話をしていたり、一緒に料理をしたりしている。ただ、義姉だけは父母と違うことがある。実家だったり、スーパーだったり、よく場所が変わるのだ。震災前はより子さんとあれもやろう、これもやろうと楽しいことを一緒によく考えていたせいかもしれない。

「お義姉ちゃんとは、子ども同士が似た年齢だったから、みんなで遊ぶことが多かったのね。だからかな。夢でも幼いころの子どもたちを前にして、『今日は何して遊ぶ?』と相談しているの」(元子さん)

そしてもう一つ、印象に残っている夢がある。震災から四年半ほどたったころ、自分が死ぬ夢を見た。

元子さんは病院のような明るく真っ白い部屋でベッドに横たわっている。間もなく病気で死ぬところだ。姿は見えないが、ベッドの周りを家族が取り囲んでいる気配は感じる。

まるで金縛りに遭《あ》ったように、何かがぐーっと胸を押さえつけてきた。動けない。苦しい。息ができない。

「どんどん苦しくなって、ああ、こうやって私は死んでいくんだな、って思った。でも、怖くはないの。お父さんたちもみんなこうやって死んでいったんだから、怖くない、怖くないって、もう一人の自分が思ってるのよね」（元子さん）

息ができなくなり、限界、と思った瞬間、目が覚めた。

しかし、そんな家族の夢も、ここ一年は見なくなってしまった。

「思い出が増えないからかもね」と元子さんは言う。

父母、義姉と過ごした時間は、二〇一一年三月十一日で途切れてしまった。一方で、三人がいない世界の記憶は増えていく。

それでも妹のとしえさんは「うらやましい」と言う。夢の中であっても元子さんは両親や義姉と会えたからだ。

としえさんも震災から一年か二年ほどたったころ、一度だけ、母親の夢を見た。どんな夢だったのかはよく覚えていないが、母親が出てきたという記憶は忘れられない。

私（會川）は三回、元子さんたちに話を聞いた。一回目のインタビューが終わったあと、元子さんは「こんなに話したんだから、また夢に出てくるかも」と待っていたが、出てこなかった。その後もいまだ、誰も出てきてくれていないそうだ。

「六年って不思議な時期。震災直後でもないし、かといって昔話として語るほど過去でもないのよね」（元子さん）

元子さんたちの家族との夢は、見たシーンはぼんやりしていても、存在感はしっかりと二人の記憶に残っていた。

元子さんとしえさんが、夢の話をきっかけに盛り上がる家族の思い出話は、私も聞いていて楽しかった。本当に家族仲がよかったことが伝わってきたからだ。元子さんたち家族の絆は、生死を超えて今も固く結びついているのだろう。

（取材日　二〇一七年一月七日、二月二十四日、三月二十九日）

# そろそろ上に行かなきゃ、ばいばい

語り手　中澤利江さん
聞き手　赤間永望

二〇一一年八月十六日、震災から初めての盆を迎えた昼間、中澤《なかざわ》利江《りえ》さん（37歳）は自分の部屋でうたたね寝をしていた。夢に大好きな祖母、鈴木たけよさん（当時82歳）が出てきた。自分と向かい合うように祖母は立っている。たけよさんは、利江さんがよく見ていた柄物の黒っぽい服を着ていた。利江さんは「あ！　ばあちゃん!!」と話しかけた。その瞬間から、夢は祖母一人だけになった。

祖母の体は足元まで見えていて、地面から浮いているようだ。見た目も若く、背筋はしゃんと伸びている。

「そろそろ、上に行かなきゃならないからさぁ」

「じゃあね、ばいばい」

祖母は満面の笑みを浮かべ、手を振っていた。

目が覚めた利江さんは、すぐに叔母たちにメールを打った。叔母たちと「ばあちゃんは自分が死んだことに気づいてないんじゃないか……」と話をしていたからだ。

「信じてくれなくてもいい。ただ、そのまま伝えなきゃって思ったの。夢の中のばあちゃんは終わりきったような、自分の死を受け入れたような笑顔でした」

宮城郡七ヶ浜町《みやぎぐんしちがはままち》にある叔父夫婦の家で暮らしていた祖母は、自宅から近い指定避難場所の五社《ごしゃ》神社で津波にのまれて亡くなった。

利江さんは、七ヶ浜町のミュージカルカンパニー「NaNa5931」の女優として活動している。祖母は、自分の夢を一番に応援してくれる大切な味方だった。歌やダンスが好きになったのは、踊ることが好きだった祖母の影響もあった。

利江さんはふんわりとした雰囲気の柔らかな笑顔が素敵な女性だ。たけよさんもそんな女性だったのかもしれない。

利江さんは小さいころからよく夢を見ていた。今もほぼ毎日、見た夢を覚えている。震災以降は祖母の夢が多くなった。

ある夢の祖母は、叔父の家の中にいた。震災の五年前に建て替え、津波で流された家ではなく、その前にあった古い家だ。生前の祖母は筋ジストロフィー症を患い、PTEG（経皮経食道胃管挿入術）の処置を受けていた。祖母は栄養剤を掛けるステンレス製のスタンドを横に置き、自分の部屋でのんびりとテレビを見ていた。

もっと若いころの祖母の夢を見たこともある。首に手ぬぐいをかけ、海の家の片隅に寄りかかり、休んでいるように見えた。祖母は五十代半ばまで菖蒲田浜《しょうぶたはま》の海の家で働いていた。利江さんは、その光景や波の音から「菖蒲田浜だ」と直感した。

「夢を見ているときは、夢と現実の間で生きてるみたいな感覚になる」と利江さんは言う。

震災から六年（取材時）がたったこともあり、利江さんはたけよさんの話を懐かしそうに話してくれる。しかし、その別れ方は、利江さん家族にとって悔やまれるものだった。

地震の直後、叔母は仕事場から車で戻る途中、小学生の三女を乗せ、五社神社に向かった。ちょうど、たけよさんも近所の夫婦がワンボックスカーに乗せ、連れて来てくれていた。叔母の長女も一緒だった。

叔母と近所の男性は、たけよさんと長女を叔母の車に乗り換えさせたほうがいいか、相談したが、「車内が広いほうがいい」と、そのまま男性の車にいることになった。

そのときだ。津波が襲ってきた。全員が津波に巻き込まれた。

叔母の車は横転しながら、建物に衝突した。叔母と三女は車から逃げ出すことができた。三女が「ママ、死にたくないよ」と泣き叫びながら、叔母にしがみついた。長女と近所の女性は、両側から必死でたけよさんの手を握っていたが、津波の勢いにはかなわなかった。三人は波にさらわれてしまった。

長女は、奇跡的に近くの木に服がひっかかり、流されずに済んだ。近所の女性も全身骨折の重症を負ったが助かった。たけよさんだけが見当たらない。叔母たちはたけよさんを探したかったが、ここにいては危ない。慌てて身を守れる場所を探した。

利江さんはのちに叔母の長女から、「波が迫ってくる直前に見た、ばあちゃんの固まったような表情が忘れられない」と聞かされた。

震災当時、利江さんは、七ヶ浜町の役場でアルバイトをしていた。地震の直後、役場に勤めている叔父が町内を見回ったとき、叔父の家には誰も残っていなかった。「家族は逃げたから大丈夫だ」と叔父に聞かされた利江さんは、ほっとしながら、次々と役場にやって来る住民の世話に追われた。

ところが翌日、町内の避難所で叔母たちを探し回った利江さんの妹二人から、たけよさんの義理の姉妹が「ばあちゃん、駄目だったんだってね」と話していたと聞かされた。

ちょうどそのころ、叔父も役場の同僚から、一人だけ身元不明の体に管のついた高齢の女性がいると聞かされていた。五社神社で見つかったという。もしや、と思った叔父は、利江さんにそのことを伝えた。

七ヶ浜町で見つかった遺体は、当時、役場の裏にあった母子健康センターに運ばれ、身元確認後、利府《りふ》町《ちよう》の宮城県総合運動公園「グランディ・21」に運ばれることになっていた。しかし、叔父は町内の見回り中だったため、情報を聞くのが遅れた。叔父が知ったとき、すでに祖母とおぼしき遺体はグランディ・21に運ばれた後だった。

「嘘《うそ》だ！　きっと間違いだ！」

動揺した利江さんは、すぐにでも祖母を探しに行きたかった。ばあちゃんが亡くなったかもしれないのに、なんで私はおにぎりを握っているんだろう。利江さんは泣きながら、ひたすらアルファー米のおにぎりを握り続けた。

十三日、利江さんは叔父と一緒に、グランディ・21に確かめに行った。

「前の夜は眠れなかったよね。入り口まで行ったんだけど、どうしても入れなくて。中に入って、ばあちゃんがいたら、死んだことが事実になっちゃうのが怖かった」

その三日後、祖母は塩竈《しおがま》市で荼毘《だび》に付された。

津波に襲われた叔父の家に行ってみると、家は一階と二階が分断され、一階は一〇〇メートル近く流されていた。土台だけが残る跡地に、たけよさんが使っていた点滴用スタンドがぽつんと立っていた。使用済みの栄養剤がかかったままだった。

利江さんは震災を通じて、人間の美しさも醜さも知ることになった。叔母から聞いた話も辛いものだった。

津波から逃げることができた叔母といとこたちは、避難所の近くにあった家に助けを求めた。しかし、その家の人たちは「家が汚れるから」と、玄関より先に上げてくれなかった。叔母たちは寒さに凍えながら、身を守るため、「意地でも動かない」とその玄関先で一夜を過ごした。

利江さんの劇団「NaNa5931」は、二〇一一年から東日本大震災の実話を基にしたミュージカル「ゴーへGo Ahead」を全国で上演している。日生劇場でのアマチュア初の公演もあった。

震災前、利江さんは舞台に立つとき、自分の姿を見た観客がミュージカルに興味を持ってもらえたら、と考えていた。しかし今は、震災後に支援してくれた人への感謝と、亡くなった人や遺《のこ》された人の〝気持ち〟を舞台を通して少しでも伝えることができたらと思っている。

最近の利江さんがよく見るのは、虹の夢だ。たくさんの虹が空いっぱいに広がっている。

（取材日　二〇一七年六月十六日、七月八日、十一月三十日）

# お父さんが長い長い階段を上って行く

語り手　小野寺敬子さん
聞き手　會川　樹

二〇一三年一月十八日、小野寺敬子《おのでらけいこ》さん（56歳）は、震災後、初めて父親の萬《よろず》さん（当時80歳）の夢を見た。

愛犬を抱き、見覚えのある白っぽいトレーナー姿の父が階段を一歩一歩、足元を確かめるように上って行く。背景は、敬子さんがそのとき住んでいた仮設住宅の中だ。しかし、実際の仮設住宅は平屋で、階段はない。

父親が上って行く階段はどこまで続いているのか、先が見えない。こんなに真っ直ぐで長い階段を敬子さんは、今までどの場所でも見たことがなかった。

父親は笑っていた。階段を上るにつれて、父親の体が少しずつ上から見えなくなってきた。腰、足と見える体が小さくなる。

足元が見えなくなったとき、目が覚めた。まぶたを開けると、いつも寝るときにつけている常夜灯の小さなオレンジ色の光が目に入った。

「夢を見ている間、父が亡くなったことは自覚していました。だから、目覚めたとき、『ああ、これでお別れなんだな』って思ったんです。父は成仏《じょうぶつ》したんだ、震災の哀《かな》しい夢はこれで終わりなんだろうなって」

敬子さんは、震災前、太平洋に面した旭崎《あさひざき》に近い気仙沼市波路上杉ノ下《けせんぬましはじかみすぎのした》に萬さんと母親、夫、子ども二人の家族六人で暮らしていた。しかし、津波は父親と自宅を奪い、愛犬も連れ去ってしまった。

杉ノ下は顔見知りばかりの地縁が強い地域だった。防災意識も高く、年二回は避難訓練をし、指定避難場所である杉ノ下高台《たかだい》への住民の移動方法も決めていた。

地震の発生時、勤務先の同僚とホームセンターで買い物をしていた敬子さんは急いで車を走らせ、杉ノ下高台に到着した。二十人から三十人ほどの住民が避難していた。

幼なじみの同級生に両親の行き先をたずねると、「ばあちゃんは、車に乗せられて寺さ行った」と答えた。

その時、敬子さんは、杉ノ下高台から北東方向に一キロほど離れた気仙沼向洋高《こうよう》校に津波が押し寄せてくるのを目撃した。エンジンをかけっぱなしにしていた敬子さんは、車に駆け込み、思いきりアクセルを踏んで内陸の方向に向かった。大波は後ろや横から建物をひきずりながら襲ってきたが、間一髪で逃げきることができた。

海抜一一メートルの杉ノ下高台を襲った津波の高さは、一四メートル近くに達していた。杉ノ下の住民で亡くなった九十三人の多くは、杉ノ下高台にいた人たちと、そのすぐそばのビニールハウスなどに避難していた人たちだった。

震災の日から約一ヵ月間、敬子さんは母親と娘とともに、最初の避難場所になった気仙沼市立階上《はしかみ》中学校にいた。

市立病院で働く夫は仕事に忙殺されたこともあり、病院の待合室に寝泊まりしていた。震災時、仙台市の友人宅に遊びに行っていた息子は、「戻ると危ないから」と三月十三日まで友人宅に留まり、気仙沼に帰ってからも、避難所に泊まるスペースがなかったことから、小中学校時代の同級生の家に身を寄せていた。

しかし、父親の萬さんの消息は杳《よう》としてつかめなかった。萬さんは、地震直後から津波が来る少し前まで、萬さんの実家や杉ノ下高台に近い場所で、母親やいとこの長女など、何人かに姿を目撃されていたが、その後の行方がわからなくなっていた。

階上中学校で避難生活を送っているころ、敬子さんは、夢のような、幻覚のような体験をした。中学校では、杉ノ下の住民がまとまって一つの教室で暮らしていた。眠るときは、防犯用の懐中電灯を一つだけ残し、家族同士で頭を同じ方向に向けて休んでいた。

夜も更けたころ、眠っていた敬子さんは、誰かに足首をぎゅっとつかまれた。その感触はとても夢とは思えなかった。ハッとして起き上がり、周りを見渡したが、全員、静かに眠っている。教室にいる誰かが足首をつかんだとは考えられない。敬子さんは、きっと萬さんがつかんだのだろうと考えた。

震災から二ヵ月後、萬さんが見つかったという連絡が入った。ちょうど娘の誕生日だった。敬子さんは「父が孫娘の誕生日にプレゼントをくれた」と思った。

敬子さんが父親の姿をはっきりと夢で見たのは、二〇一三年の一回だけ。冒頭の階段を上って行く夢だ。

「家族には父が階段を上って行った夢の話をしました。母は六年たった今も一回も見たことがないと言っていますし、夫と息子もそう。娘は一回見たけど、どんな夢か忘れたって言ってます。たぶん、震災前の日常生活の夢だったんじゃないでしょうか」

敬子さんは、自分だけ萬さんの夢を見たのは、心にひっかかりがあったからかもしれないと話す。

いとこの長女は、自分の実家の様子を見に来た萬さんと話をしたと敬子さんに教えてくれた。だから、実家に行ったことは確実だ。その後、父親は実家を出て、杉ノ下高台に向かう道の途中で母親と会っている。父親は母親と話をした後、また実家の方向へ戻っていったという。

もしかすると、萬さんは実家から杉ノ下高台に避難していて、敬子さんが到着したとき、あの場にいた人の中に紛れていたのではないだろうか。津波を目撃した敬子さんは慌てて杉ノ下高台を離れたが、じつは父親を置いてきてしまったのではないか。そんなことを想像すると、気持ちが揺れ動いた。

「でも、わざわざ自分の実家へ行った父が、いとこたちを残して避難するはずがないと思うんです。父の実家も津波に襲われ、いとこの長女は二階ごと流されながら、なんとか助かりました。彼女の母と祖母は亡くなってしまいましたし、父も実家の近くにいたのかもしれません。杉ノ下高台にいた方の多くも亡くなり、今となっては、確かめようがないんです」

敬子さんは、避難所を訪れた沖縄のユタ（口寄せ巫女《みこ》）のような女性に、父親がどこで津波に巻き込まれたのか、聞いてみたいと思ったこともあった。しかし、想像が本当だったら、と思うと怖くて聞けなかった。

「父が成仏する夢を見てからは少し落ち着きましたが、今でもときどき、どこで流されたんだろう、というのは考えてしまいます」

父親の夢が一つの区切りだと思っていた敬子さんだったが、二〇一三年は、震災に関する夢をよく見る年になった。

十月七日に見た夢は、こんな内容だった。時期は東日本大震災が起こる前だ。杉ノ下の自治会館で地区の人たちと集まり、書き物をしていた。突然、地震が起こり、津波警報が鳴った。

「津波が来るから逃げなくちゃ」「海の水が引いてきたよ」と一緒にいる人たちと口々に話しながら、必死で逃げているところで目が覚めた。

その翌日には、中学、高校と同級生だった友人の夢を見た。高校時代にクラスが分かれたことや、成人してからは彼女が教師になったこともあり、震災のころの二人はそれほど親しかったわけではない。しかし、中学時代はとても仲のよい友人だった。大人になってからもスーパーなどで会うと、幼なじみのようにほっとする存在だった。

夢の中で敬子さんと同級生は、食事をしながら、同窓会をやろうと相談していた。彼女は楽しそうに笑っていた。

現実の同級生は、家族と一緒に津波で流され、六年たった今も見つかっていない。

「彼女を含めて亡くなった三人の同級生のことは、それまであまり気にかけてあげられませんでした。冷たいようですけど、自分たちの生活を立て直すのに精いっぱいだったんです。たぶん、どこかで記憶に蓋《ふた》をしていたんでしょうね」

夢の中の萬さんは笑っていた。同級生との食事も和やかで楽しいものだった。敬子さんはほっとしたが、やっと会えたと思ったのに、すぐに「さよなら」と言われたような寂しさも感じた。

「でも、夢のおかげで、きっとあっちの世界で楽しそうにしているんだな、って思えるようになりました。自分で納得させているだけなのかもしれないんですけど」

二〇一三年に敬子さんは、自分が津波に襲われる夢も見ている。大波に足元からひっくり返されるが、運よく畳のようなものが流れてきたので、とっさに飛び乗った。敬子さんはそのまま流されながら、波が収まるのを待っていた。そのときに眺めていた光景は、目が覚めてからもずっと忘れられなかった。

「この間、偶然、同じ景色を現実に見たんです。『ここ、夢で見たところだ！』って、びっくりしました。『また津波が起こるの？　え？　どうしよう』って怖かったです。ただの夢で終わるといいですよね」

敬子さんは震災の夢を見る日付に何か意味があるのではないかと考え、夢を見ると携帯電話のメモに記録していた。しかし、二〇一三年以降、亡くなった人の夢を見ることはなかった。

「今はもう亡くなった人と夢で会いたいとは思わない」と、敬子さんは言う。

敬子さん一家は、自宅を内陸部に再建し、生活が落ち着いたところだ。震災を思い出すと、「なぜ自分たちはこんな目に遭《あ》わなければならなかったのか」という悔しさが湧《わ》き上がってくる。父親や亡くなった人の夢を見ることで、心の奥底にやっと沈んだ気持ちをかき回されるのが怖い。

今が幸せ。それで納得しようと敬子さんは考えている。

（取材日　二〇一七年五月九日）

# これ以上、ベルを苦しめないで

語り手　吉田香織さん（仮名）
聞き手　野尻航平

夢に出てくるのは、人間だけとは限らない。動物が出てくることもある。吉田香織さん（20歳）の場合は、愛犬のビーグル「ベル」だ。

ベルは、香織さんが中学二年生のとき、石巻市にある祖父母の家で東日本大震災の津波に巻き込まれて死んだ。一帯が壊滅《かいめつ》的な被害を受けた地域だ。

地震が起きたとき、香織さんは友だちと内陸部のショッピングセンターでパフェを食べていた。激しい揺れのあと、香織さんたちは隣にある中学校に避難した。津波には遭遇しなかったが、中学校から見た海沿いの町が、津波火災と思われる赤やオレンジ色に光っていたのを覚えている。

「ベルが死んだって聞いたのは、震災から一週間くらいしてから。おばあちゃんの家は、津波で一階は浸水したんだけど、二階に逃げて家族はみんな無事だったの。

だけど、ベルだけ鎖につながれてたから、助からなかったの」

香織さんは、父親からベルの死を聞き、なぜ鎖をはずさなかったのか、なぜ逃がさなかったのかと、泣きながら父親を責めた。

ベルの遺体は二週間ほどして、ヘドロの中から見つかった。父親が一度、土に埋めたが、その後、掘り返し、動物霊園で火葬した。

香織さんが初めてベルの夢を見たのは、震災から一ヵ月もたたないころだ。それから二、三ヵ月に一度、見るようになった。内容はいつも悲しい結末だった。

「名前を呼ぶわけでもなく、ベルが津波に巻き込まれるのをぼーっと見てるの。始まりはいろいろ。津波が来る前にベルがごはんを食べているところから始まるときもある。見ている角度は違っていて、上から見ていたり、水中でベルが苦しんでいるのを見ていたり。でも、ベルが犬かきをしながらもがいて苦しんだあと、動かなくなるまでっていうのは、変わらない。その場所に私しかいないのも一緒。一回だけ、津波が引いたあと、ヘドロ混じりの水に埋もれているベルを見ている夢もあった」

夢を見ている時間は、「これ以上、ベルを苦しめないで」と願うくらい長かった。五分から十分は見ている感覚だったという。

香織さんは、やんちゃで愛嬌《あいきょう》のあるベルが大好きだった。ベルは当時八歳。人間でいえば、そろそろおじいちゃんに当たる年齢だ。

「ずっとベルが自分を恨んでいるんじゃないかなって思ってた。なんであのとき助けてくれなかったんだって夢で伝えているんじゃないかなって」

香織さんは、ベルと最後に会ったときのことが、ずっと忘れられなかった。大雨の日、父親と喧嘩《けんか》した香織さんは泣きながら外に出て、ベルを抱きしめた。「ごめんね、もう会えないかも」と話すと、ベルは哀《かな》しそうな表情をしているように見えた。

夢の内容が変わったのは、震災から三年がたち、父親からベルの死の真相を聞かされてからだ。

じつは香織さんは、中学一年生から父親と離れて暮らしている。ベルが祖父母の家にいたのも、そのためだ。震災前まで、父親とはほぼ音信不通の状態だった。気持ちが変わってきたのは、高校生になってからだ。大人の事情も理解できるようになり、自分も大人にならなければと、父親と仲直りしたいと思うようになっていた。香織さんは思い切って、自分から父親に会いに行った。

香織さんは、ベルは家族に見捨てられたと思っていた。しかし、実際は違った。

地震の直後、祖父母も向かいに住む叔父夫婦も、揺れの大きさに驚き、津波の心配もしていたが、自宅までは来ないだろうと考えていた。とはいえ、これほど大きい揺れは経験がない。安全が確認されるまで、避難所で過ごしたほうが安心だ。とりあえず、逃げておこうと、不在の間、残されるベルにエサを与えた。

ベルが食べている横で、祖母は叔母と「怖かったねぇ」と、のんびり話していた。するとと急にベルがふっと顔を上げて、うなり声を上げた。

「どうしたの、ベル？」と、祖母が声をかけながら、ベルの視線をたどって海の方向を見ると、どどどどどーっという、これまで聞いたことのない地鳴りのような音がしてきた。地震の地鳴りとは違う轟音《ごうおん》だ。

次の瞬間、水が大量に流れ込んできた。

「津波だ！」

祖母はベルのリードを外そうとしたが、なかなか外れない。膝《ひざ》まで水が上がってきた。諦《あきら》めて逃げるしかない。

「ベル、ごめん！」

そう思いながら祖母たちは二階まで駆け上がり、なんとか難を逃れた。

ベルは動物の直感でいち早く津波に気づき、祖父母たちに教えてくれたのだ。香織さんは父親から話を聞いて、そう思った。

真相を聞いて以来、香織さんが見るベルの夢は変わった。ドッグランを走り回っていたり、一緒に散歩していたり、楽しかったころの夢を見るようになった。

ベルと暮らし始めたころの夢も見た。香織さんは幼稚園か小学一年生くらい。幼い香織さんは力が足りず、走り出すベルを止めることができない。引きずられていると、ベルがピタッと止まり、戻ってきてくれた。

「ベルっておバカだったけど、すごくやさしい犬だったの。夢を見たあと、母に話したら、お母さんも覚えてた。『あんた、引きずられてたよねー』って。今はそういう楽しい夢のほうが多い。いつか天国か地獄かどっちかわからないけど、ベルと会えたら、助けられなくてごめんねって謝りたい」

香織さんにベルの話を聞いたあと、他にも夢を見ているか、聞いてみた。すると、亡くなった中学時代の友人の夢も見たことがあると話してくれた。

被災地では震災直後から毎日、新聞におびただしい数の死亡者と行方不明者の名前が掲載されていた。一ヵ月ほどたったころだ。香織さんは、中学時代に仲がよかった陽子さん（仮名）の名前を新聞に見つけた。横には彼女の母親の名も並んでいた。

その晩、陽子さんの夢を見た。

中学校へ登校している夢だ。昇降口へ向かうと陽子さんがいた。思わず香織さんは「陽子！　なんで生きてるの？　津波に巻き込まれたんじゃないの？」と叫んだ。陽子さんは、「なんでそんなこと言うの？　勝手に殺さないでよー。生きてるよー」と、あのころと変わらない明るい声で笑った。香織さんはほっとして、放課後に遊ぼうと約束した。

目が覚めると涙が流れていた。もう一度、新聞を見てみた。陽子さんの名前は消えることなく載っていた。

香織さんにはもう一人、忘れられない中学時代の同級生がいる。

香織さんは震災の前日、塾で彼に会っていた。授業の休み時間中、暇つぶしに携帯電話の動画で教室を撮っていた香織さんは、彼にレンズを向けた。彼は思いっきり笑った。ふだんは仏頂面《ぶっちょうづら》で、めったに笑わないタイプだった。香織さんはとても驚いた。翌日、彼は津波にのまれた。

香織さんは、あの笑顔は虫の知らせだったと思っている。

二〇一六年、香織さんが成人式を迎える少し前、その彼が陽子さんと一緒に夢に出てきた。

二人が出てくる夢の中で、香織さんは成人式に着る予定の振り袖を着ている。周りの友人たちも振り袖姿だ。式が始まる前、友人たちは遺影《いえい》を持っていた。写真に写っているのは、津波で亡くなった十人の中学時代の友人たち。その子と一番仲がよかった友だちが、それぞれの遺影を持っていた。写真の中には、陽子さんも塾で香織さんに笑いかけた男子生徒もいた。

「生きている子たちは大人の顔になってるのに、亡くなった友だちの写真は中学生のまま。現実の成人式では、誰かが遺影を持つような光景はなかったんだけどね。あの夢を見たのは、どんな形でもいいから、みんなで成人式を迎えたかったと思っていたからかもしれないね」

香織さんは震災の体験をたまに人に話すこともあるが、ベルの話は母親に話したくらいだ。しかし、他の人が震災について語る表情を見ていると、「この人も何か夢を見ているな」「不思議な体験をしてるんだろうな」と感じることがあるという。

「現実に体験した話を聞いているはずなのに、途中からあれ？って話が変わっていくこともあるの。うちの場合は、おばあちゃんがそう。この人に助けてもらったとか、あの人と一緒にいたとか言うんだけど、たまに亡くなった人の名前が出てくるの」

香織さんが祖母に「あれ？　助けてくれたっていう人、亡くなった人だよね？」と聞き返すと、祖母は「じゃあ、夢だったのかな～」と、まるで世間話をしているかのような口調で答えるという。

香織さんは、「あんな想像もできない震災を経験すると、夢と現実の境目がなくなり、地続きになるのかもしれない」と考えている。

（取材日　二〇一七年一月五日）

# 最愛の妻と娘は魂の姿に

語り手　亀井　繁さん
聞き手　赤間永望

亘理郡山元町《わたりぐんやまもとちょう》に暮らす亀井繁《かめいしげる》さん（46歳）は、妻の宏美さん（当時39歳）と次女の陽愛《ひなり》ちゃん（当時1歳10ヵ月）を津波で亡くした。

地震の直後、宏美さんと陽愛ちゃんは、自宅で小学四年生の長女を迎えに行った宏美さんの父の帰りを待っていた。一緒に避難しようと考えていたからだ。しかし、その時間が生死を分けた。津波は自宅に襲いかかり、宏美さんと陽愛ちゃんを二度と繁さんの手の届かないところに奪い去った。

義父と長女は、自宅に戻る途中、津波が迫ってくるのを目撃し、すぐ近くの高台にある神社に駆け上り、助かった。繁さんとは、震災の翌日、避難所で再会した。

地震の直後、介護士の繁さんは、海から離れている自宅まで津波が来ることはないと考え、職場の介護施設でお年寄りの避難に追われていた。今、思えば、なぜすぐに自宅に向かわなかったのか。

宏美さんと陽愛ちゃんが見つかるまでの間、繁さんは宏美さんの夢を一度だけ見た。津波にさらわれたが助けられ、病院に収容されたという夢だ。宏美さんの顔はシーツのようなもので覆《おお》われ、よく見えない。しかし、「助かったんだ。ああ、よかった」と心の底からほっとした。その瞬間、目が覚めた。

震災の日から時間がたち、生存を半ば諦《あきら》めていた繁さんは、正夢かもしれないと希望を抱いた。だが、三月二十四日、繁さんの願いは届かず、二人は遺体で見つかった。

その四日後、繁さんは二人を荼毘《だび》に付するために山形県に向かった。車中では、二人が一緒に乗っているような感覚があった。

その日の夜、宏美さんと陽愛ちゃんが夢に出てきた。当時の繁さんは、二人のこと以外は何も考えられなかった。眠ることは、暗闇で棺《ひつぎ》に入り、身を沈めるような行為に感じていた。

真っ暗な闇の中、宏美さんはマスクをかけ、陽愛ちゃんは手を振っていた。二人の輪郭ははっきりせず、ザラザラとしていた。まるでテレビの放映終了後に出てくる砂嵐に覆われているようだった。

目が覚めた繁さんは飛び起き、部屋中を見回して二人の姿を探した。しかし、いくら暗闇に目をこらしても、どこにもいない。

「また会えるかもしれないと、目をつぶったら、二人の姿が見えたんです。そのときは目が覚めていたので、心で見ていたんでしょうね。『おいで、おいで』って泣きながら言ったんですけど、相変わらず切なそうに手を振るばかりで。そのうち消えてしまいました。でも、夢の中でも目覚めてからも同じように見たのだから、二人の姿はきっと魂なんだって思うようになったんです」

その日から繁さんは、夢日記をつけ始めた。記録を残すことで二人の魂との絆を確かめたいという思いがあった。

インタビュー中、繁さんの夢日記を見せてもらった。これほど見ているのかと驚くほど、繁さんは頻繁《ひんぱん》に宏美さんと陽愛ちゃんの夢を見ていた。

二〇一六年十一月十日の夢は、ほがらかな性格だったという宏美さんらしい夢だ。繁さんは夜中に一度、目が覚めた後、うとうとしていた。いきなりおどけた口調の宏美さんの声が聞こえてきた。

「おばけだぞ〜」

宏美さんは、かぷっと繁さんの鼻を噛《か》んだ。繁さんは驚いて目を開けた。

「姿を現してくれて、うれしかった。宏美は、そのころのふがいない私を叱りに来たのかもしれません。仕事に復帰し、長女のためにもしっかりしなければならなかったんですが、どうしても、これから頑張ろうという気持ちになれませんでした。だから、宏美に『ちゃんとした生活を送って！』と活《かつ》を入れられているみたいだったんです」

夢を通じて宏美さんが伝えてくるメッセージは、節目節目で繁さんを励ました。夢日記をめくってみると、震災から時間の経過とともに、宏美さんの言葉は少しずつ変わってきている。

二〇一一年四月十一日「戻りたい」
二〇一一年八月二十六日「私がいないとつまんない？」
二〇一一年九月二十三日「私のこと、諦めたんでしょ？」
二〇一一年十月三日「何もできないよ」
二〇一一年十月十八日「月一回だけだよ」

「震災前の私は妻と子どもにべったりでしたからね。妻とは一日も離れていたことがありません。私がすごい焼きもち焼きでしたし（笑）。だから、宏美は心配して『月一回は出るよ』とか言ってくれたのかもしれません」

しかし、十月十八日以降、宏美さんたちの夢は、少しずつ回数が減ってきた。

「夢に出て来てくれることも、そんなに簡単なことじゃないんですよね」

震災から六年が経過した今も、宏美さんと陽愛ちゃんは、ときどき夢の中に出て来てくれる。よく会うのは、結婚記念日や誕生日など、家族の記念日だ。

二〇一七年五月三十日には、陽愛ちゃんの夢を見た。この日は陽愛ちゃんが生きていれば八歳になる誕生日だった。

場所は、かつての自宅の風呂場。陽愛ちゃんは前日、熱を出したのだが、今日は熱も下がり、パパと一緒に風呂に入れるようだ。

繁さんは陽愛ちゃんをたっぷりの石鹸《せっけん》の泡で、体が見えなくなるくらい包み込むようにして洗ってあげた。石鹸の香りこそ感じなかったが、陽愛ちゃんの腕の太さや肌の感触は、あのころと変わらず、柔らかく温かかった。陽愛ちゃんはにこにこと笑っていた。

「夢の中の陽愛は、何年たっても成長しません。おむつを替えている赤ちゃんのころの姿だったり、亡くなる直前の姿で、あのころ、よくしてくれたように、私の唇にぶちゅっとキスしてくれたり。一番可愛くてたまらなかった時期の姿で出て来てくれるんです。私も陽愛もお互いが大好きでした。夢に見るのは、その気持ちを伝え合うようなものばかりなんです」

繁さんが見る宏美さんと陽愛ちゃんの夢は、繁さんと何かしらの交流があることが多い。それも、肌を触れ合わせる感覚を伴っている。

二〇一六年一月六日に見た夢もそうだった。

繁さんと宏美さんは、指切りをしている。

「何もしてあげられないよ」

「でも、信頼してる」

「急がないから」

「待ってる」

一言一言、確かめるように宏美さんは話した。

「指切りをした手の感触は、起きてからも鮮明に覚えていました。夢を思い出しながら、『あの世から簡単に助けることはできない。でも、信頼してるからね。こちらに来るのを待ってるけど、急がないからね。そっちの世界で修行しておいで』と妻から言われたような気がしました」

それから一ヵ月半ほどたった二月二十二日、繁さんは夢の中の宏美さんに「笑顔で目の前に来て」と言われた。微笑みながら近づくと、宏美さんはこう言った。

「どこにも行かないよ」

一月六日と二月二十二日に宏美さんが語りかけてくれた言葉は繁さんの宝物になった。

「宏美はどこにも行かず、姿は見えないけれど、そばにいてずっと見守ってくれている。そのことをはっきりと感じた夢でした。夢なんて誰でも見るでしょ、とか、脳が見せているだけと言う人もいるけれど、私にとっては単なる夢ではないんです。夢の二人は、魂の姿。だから、夢を見ることは、私にとって生きる力。これからも、宏美と陽愛も一緒に、家族として生き続けることなんです」

二〇一七年九月三日、繁さんは「NH311 遺族サロン・スタジオ」をオープンした。震災から年月がたち、遺族が当時のことや亡くなった人のことを口に出しにくくなっていることが繁さんは気になっていた。しかし、自分のように、ずっと心に亡くなった人を大切に抱き、誰かと話したいと思っている人はいるはずだ。そんな人たちが気兼ねなく話せる場を作ろうと考えた。

サロン名の「NH」は、繁さん一家が住んでいた「中浜《なかはま》」から取った。場所は、震災前に長女が通っていたピアノ教室があった建物。家族四人で訪れたこともある思い出深い場所だ。

私(赤間)が取材にうかがったとき、サロンはまだリフォーム中だった。繁さんは、設計図をテーブルに広げ、どんなサロンが生まれるのか、にこやかに説明しながら、「これもすべて宏美と陽愛が見守り、私を導いてくれているおかげ」と愛《いと》おしそうに何度も口にしていた。

現実のような夢は確かにある。非科学的だからと、ありえないことにしないではしい。これからも、そんな夢があることを語り続けて……。繁さんにそう言われたことが忘れられない。

（取材日　二〇一七年四月二十一日、五月九日、六月六日）

# 四章

# 夢を思考する

# 孤立〝夢〟援

## ―なぜ震災後、亡き人と夢で邂逅するのか

金菱 清

### 孤立無援から孤立〝夢〟援へ

「夢の話なんて家族以外にはしないはずなんです。ましてや取材とか、よほど仲よくなった記者に聞かれでもしない限り、話さないだろうから、表には出ないと思います。夢には怖い面もあって、思いが強すぎたりすると、他人事《ひとごと》として聞かないと、自分がその渦に巻き込まれてしまうこともある。そこだけは、夢の話を聞くときに気をつけたほうがいい。でも、夢の話は絶対に誰かのためになる。被災地で声を出せない人に夢の話が届いたら、心の復興を助ける一つにはなると思うんです」

東日本大震災の津波で弟を亡くした佐藤修平さん（九五ページ）は、被災地には「夢の話」を必要としている人がたくさんいるはずだと語った。

私のゼミ生の片岡大也君は、本書のタイトルを考えていたとき、「孤立〝夢〟援」

という言葉を提出してきた。

この言葉に私は強くひかれた。

震災の話に耳を傾ける中で、自分が「生かされている」意味について懊悩《おうのう》し、立ち往生している遺族がどれだけ多いのか、痛感させられたからだ。彼らは復興の陰で社会とのつながりから孤立しているという意味で「孤立無援」なのである。

震災後、私たちは被災者の方たちとの交流を通して、人の心の中に科学的アプローチでは理解できない世界が確かに存在していることを教えられた。

中でも、夢は見ようとしても見ることができない偶発的な現象だ。夢で体験した亡き人との邂逅《かいこう》には、死者から応援されているという気持ちを持っている方が少なくない。その意味で「孤立〝夢〟援」という言葉が適切なのかもしれない。

自らがコントロールすることのできない偶発性の世界で体験したことが、人生にどのような意味を持つのか、夢における死者との交流は、生者にどのような影響を与えているのだろう。

なぜ、夢に着目したのか

私たちは、二〇一七年度のゼミのテーマとして、「震災と夢」を取り上げ、本を編むことを目指した。

被災者たちは夢を見ても、家族以外には口を閉ざして話すことはない。ときには誰にも打ち明けていないこともある。そのため、震災の夢が存在することは、一般には認知すらされてこなかった。

私たちが普通なら見過ごしてしまう夢に着目した理由を説明するには、震災から現在までも一貫して取り組み、積み重ねてきたことを紹介する必要がある。

大震災という膨大《ぼうだい》なテーマと格闘する中で、震災から時間がたった今だからこそ、たどり着いたのが「夢の話」であった。単に研究の専門分野として夢の話を集めた、あるいは夢への好奇心から読み解こうとした、という趣旨ではまったくない。

私たちが取り組んできたプロジェクトの歴史を繙《ひもと》きながら、夢にたどり着くまでの経緯を展開してみたいと思う。

東日本大震災が発生したのは、二〇一一年三月十一日午後二時四十六分。金菱ゼミは、震災後一週間もしないうちに、「震災の記録プロジェクト」を立ち上げた。

震災の瞬間から人々は何を見、感じ、行動したのか。町に襲いかかる津波の映像をいくら凝視しても、一人ひとりの姿や心情はわからない。私は、震災の被害に愕《がく》然《ぜん》とする一方で、メディアの報道から、表向きの姿ではなく、必死に生き延びようと闘う人々の現実が見えてこないことにもどかしさを感じていた。

一九九五年に起きた阪神淡路大震災もそうだった。

当時、予備校生だった私は被災地の近くに住み、兵庫県西宮市にある関西学院大学への入学を予定していた。横倒しになった阪神高速道路や火災の多発、二階が潰《つぶ》れ、平屋のようになった家屋の映像は次々と報道されるのに、生き続けようともがく人々の声はなかなか伝わってこなかった。

入学式から二週間遅れで始まった大学でも、初めて受けた講義の災害心理学で取り上げられていた事例は、一九六四年の新潟地震だった。なぜ阪神淡路大震災ではないのか、なぜ目の前で被災している人たちを扱わないのか。この疑問は、私の心に深く突き刺さることになった。

その後、仙台市にある東北学院大学に教員として赴任し、未曾有《みぞう》の大災害に二度も被災地で遭遇《そうぐう》することになった私は、十六年前に感じた疑問を再び突き詰めざるをえなかった。

そこで、「震災の記録プロジェクト」チームを結成し、ゼミ生と大学の一年生たちから五百件の震災レポートを集めることにした。そのレポートを読み、被害が少なかった地域でも誰もが被災者なのだと思い知らされた。

東北学院大学には宮城県内はもとより、東北出身の学生が多い。また、東北は地縁血縁の強い地域だ。自分や家族は無事でも、親戚や友人、近隣住民の誰かが何しらの辛い経験をしている。その悲しみを多くの学生が共有していた。

彼らの体験レポートはその先にいる、さらに大勢の人たちを「震災の記録プロジェクト」につなげることになった。

私たちは震災の手記を学生に限定せず、さまざまな年代、地域の人たちから集めることにした。対象者を地域や年齢、体験別に分類し、バランスを考えながら、手記を頼める相手を探した。大学の同窓会にも頼った。

東北学院大学は創立百年を超える歴史があり、学生数も多いだけに、東北各地に卒業生がいる。とくに被害が大きかった気仙沼《けせんぬま》市では、震災前から同窓会の力を地域の発展に生かそうと積極的に活動していた。同窓生は、ゼミ生たちを温かく迎え、適任者を紹介してくれたり、被害や復興の経過をわかりやすく教えてくれたりした。

二〇一二年二月、私たちは、集まった手記をまとめ、『3・11 慟哭《どうこく》の記録―71人が体感した大津波・原発・巨大地震』（新曜社）を出版した。手記を書いてくれたのは、高校生から八十歳代のお年寄りまで、七十一人にのぼった。地域も宮城県、岩手県、福島県の原発周辺地域、関東と広範囲である。

県境を越えることがないセクショナリズムが顕著《けんちょ》なマスコミでは、このプロジェクトは成し得なかっただろう。私たちの成果を書籍という形で世に出すことができたのは、地域に根差した私立大学の歴史と同窓生の地に足が着いたネットワークがいかんなく発揮されたからだ。

『3・11 慟哭の記録』は、高い評価を受けた。歴史家の色川大吉《いろかわだいきち》氏から第一級の資料だと言われたのは、同時期に多数、出版された震災関連の書籍と異なり、人々の物語が手記の形になっているからである。

社会学のフィールドワークには聞き書きの手法もあるが、私たちは個人の「体感」にこだわった。同じ場所で大津波に遭遇しても、「ナイアガラの滝のようだった」と表現する人もいれば、「富士山が向かってくる」と感じる人もいるように、心象の表現には、その人の人生観や経験が大きく関わる。

私たちは、奥深くに潜んだ感情や体験を表現してもらうため、本人の手で書いてもらった。出版に当たっては、手記の背景や表現の意味を確認するため、何度も執筆者に連絡をとった。それらのやりとりは、この本と同じく、ゼミ生たちに任せた。私が裏方に回った理由は、社会学の研究は、人と会うことが出発点である。その力を学生たちに身に着けてほしかったからだ。

プロジェクトは思いがけず、それまで知らなかった学生たちの新たな側面に気づかされる機会にもなった。学内では意欲に欠けると見ていた学生が生き生きと行動していた。学生たちの人脈の広さや交渉力、粘り強さに驚かされたこともあった。『3・11 慟哭の記録』をきっかけに、私はそれまで切り離して考えていた研究と教育を分け隔てなく考えるようになり、学生の潜在能力に懸《か》けるようになっていった。

## 相反する死者との向き合い方

『3・11慟哭の記録』は当初、千年規模の大災害の記録を残すことを目的にしていた。しかし、実際に動き始めてみると、調査者の思惑を超えて、執筆者である被災した当事者から予想外の反響があった。これまで震災に関する文献には抜け落ちていた「死者との向き合い方」が明らかになってきたのである。

本の刊行後、多大な協力をしてくれた感謝の気持ちを示すために執筆者を訪ねたところ、仏前に本を供えてくださっていたり、「亡くなった家族が本の中に生きているようで」と本を抱きしめてくださったりしている方もいた。そうした反響を、私は驚きながら心に留めていた。

その後、共同通信社の多比良《たひら》孝司《たかし》氏から、社会学のフィールドワークに多い「聞き書き」と『3・11慟哭の記録』のように「本人が実際に書くこと」の違いについて取材を受けた。

そこであらためて執筆者への聞き取りを行ったところ、意外なことに「本人が書く」という方法論が心の回復に対してよい影響を与え、記録として残すということ以上の社会的価値が含まれていたことがわかった。心理カウンセリングなどによる、心の痛みを「解消する」ことに力点が置かれた手法では解決できない心のあり方が見えてきたのである。

執筆者たちから寄せられた典型的な感情は、こういうものだ。

「この痛みをカウンセリングで治してしまったら、悲しみも苦しみも消えてしまうんじゃないか。私がすっきりしたら、あなた（死者）のことを忘れてしまうかもしれない。生きていくのが辛いから、心の痛みを消したいし、逃れたい。そうならなきゃいけないのもわかっているけれど、消すには罪悪感がある。だから、前に進めない」

被災した遺族が持つ心の痛みは、消し去るべきものでなく、むしろ抱き続けたい大切な感情である。死者を置き去りにして自分だけが救われるような策に対して、遺族は強い「抵抗」を感じる。

死者との関係性を保ち続けると、遺族は苦しくなり、日常生活が成り立たなくなる。死者を忘れる方策を取れば、心は楽になり、日常生活が送れるようになる。だが、それは罪悪感をもたらす。

「死者から解放されて楽になりたい」という感情と、「死者を置き去りにして、自分だけが楽になってはいけない」という矛盾した感情を抱く遺族にとって、カウンセリング等が目指す「痛みを消す」治療は、必ずしも有効とは限らないのだ。

それに対し、遺族の相反する感情を架橋《かきょう》するのに一役買っているのが「痛みを温存しながら書き綴《つづ》る」という記録筆記法である。

カウンセラーという第三者に対して秘めていた自己を開示しなければならない恐怖と、自分が望む方向へは治癒《ちゆ》されないかもしれないというケアへの不信。こうした心理面の敷居を記録筆記法は格段に下げる。「いつでもこの本（記録）を開いたら家族が生きている」「本の中だったら（息子が）生き続けることができる」という心のよりどころは、相反する感情を解決する有効な手法の一つになる。

文字による記録を残すことが、遺《のこ》された生者が死者を心配し、愛したことを保管し、刻みつけておく「メメントモリ（死を想う）」であったのである。

私たちは、そのことを震災後三年目の記録となった『震災メメントモリ―第二の津波に抗して』（新曜社）のフィールドワークを通じて、あらためて痛感することになった。調査者としては想定しなかったことだが、記録筆記法は遺された人間が自らの意思で向き合うことで、死者との関係性を再構築することに寄与することがわかったのである。

私たちはそれらの調査を通じて、新たな課題にも気づいた。生者が不可視な死者との協同作業を行っているという大きなテーマが出てきたのである。

二〇一六年、タクシードライバーによる幽霊現象との邂逅を収録した『呼び覚まされる霊性の震災学─3・11　生と死のはざまで』（新曜社）も、そのテーマから生み出されたものだ。同書はメディアでも話題になり、音楽や文学、宗教界など、さまざまな分野から反響があった。

私たちは幽霊現象だけでなく、数々の事例の中から、仏教的な成仏観や従来の死生観とはまったく異なる受け止め方で死者と向き合う被災地のあり方や工夫の仕方にも着目することになったのである。

## 亡き人への手紙に綴られた夢の記録

二〇一七年三月、私たちは「震災の記録プロジェクト」の四冊目となる『悲愛─あの日のあなたへ手紙をつづる』（新曜社）を出版した。『震災メメントモリ』と『呼び覚まされる霊性の震災学』は、聞き書きの手法によるフィールドワークだったが、『悲愛』は調査した二〇一六年が震災から五年という節目の年でもあり、亡くなった家族に対して遺族に手紙を綴ってもらうという手法を取った。

一般的に日常でやりとりする手紙は私的な事柄が綴られ、著名人でもない限り、他人から見れば興味の薄い内容かもしれない。しかし、『悲愛』に収録されているのは、死者への手紙という特異性がある。そして、その手紙には、震災によって突然、目の前から姿を消してしまった大切な家族に対する想いが綴られていた。遺族が伝えたくてたまらないことが凝縮され、結晶化された内容だった。

そして、その手紙の多くに亡くなった人との夢の話が綴られていた。遺族が書く手紙には、必要不可欠なことしか書かれていない。私たちは、亡き人との夢について、その意味を考えざるをえなかった。

そこで二〇一七年度は、学生たちへの課題として「夢」をテーマに据えたのである。

## 夢は生者と死者を結ぶ希望のツール

私たちは夢をすぐに忘れる。冷や汗をかきながら見たり、目覚める直前に見たりした夢でも、時間がたつと思い出せないものだ。ところが、震災で亡くなった人との夢は、遺族にとって、くっきりとした輪郭を持ちながら記憶されている場合が多い。それはなぜか。

中国古代哲学が専門の劉文英《りゆうぶんえい》氏によれば、先天的に視覚のない人（盲人《もうじん》）にとって、夢は視覚的形象を持たないが、聴覚や味覚など、視覚外の感覚による「形象」はあるという（『中国の夢判断』東方書店）。たとえ視覚のない人でさえ、夢という視覚的現象が視覚のはく奪を補う形で、疑似視覚としてはっきりとした輪郭として知覚される。つまり、夢を見るのである。

とするならば、被災者遺族の夢が往々にしてはっきりとした輪郭として知覚され、その内容が豊富であるのは、盲人における視覚のはく奪のように、何かが奪われた状況であることを刻印しているのかもしれない。

あの日、前触れもなく、大切な人は「さよなら」も言わず、遺族の前から消え去ってしまった。これからも生きたかったであろう命が突然、その途上で断ち切られてしまった無念の感情を遺族は抱え込んでいる。亡き人が生きていた視覚的輪郭は現実の世界にはない。しかし、視覚的に見えないことが、その人の存在がないことを表しているわけではない。ときに遺族は、ほおに直に触れる触覚や亡き人の声を聴く聴覚を伴った夢を見ている。それらはあたかも盲人が夢を見るかのように具体的なのである。

しかも、東日本大震災の場合は、今も行方不明だったり、写真やビデオなど、ともに時間を過ごした記録が津波に奪われたりしているため、形ある方法で再会することが困難なことが多い。

死者との関係は、たとえ写真が残っていたり、確かな記憶を持ち続けたりしていても、それ以上の新しい更新＝交信は生まれない。

それに対して、夢は、見る度に死者との関係を更新＝交信することができる。つまり、夢は、断ち切られた現実に対して、死者となおもつながり続けることができる希望《のぞみ》なのだ。

ある遺族は、夢から啓示《けいじ》を受けたと感じ、それを亡き人からのメッセージと解釈し、夢に自身の希望を重ね合わせることによって、夢を願望に変えて現実のものにしている。「(眠っている間に)見せられた夢」を「(目標として)現実に見る夢」に転換し、重ね合わせることで希望をつなぎとめているのだ。

震災直後にスローガンとして巷《ちまた》にあふれた「絆」とは、生きた人同士のつながりだけではなく、実は亡くなった人との関係をつなぎとめておくための大切な言葉ではなかったのかと思い至る。

考えてみれば、法隆寺に夢殿《ゆめどの》があるように、古代から夢は現実世界の方向性やあり方に重要な意味を担っていた。夢の啓示は政治性さえも保持していたのである。言葉による神託《しんたく》や夢託《むたく》という手段を用いて、天皇は、夢想において神々と交信する特権者でさえあった。

日本文学者の西郷信綱《さいごうのぶつな》は、平安時代には、夢を見るのは魂であり、「魂は外からやってきて個体に棲《す》みこんだものといってもよく、個体に自生的ではなく全体から分与されたものだと言い換えてもいい」(『古代人と夢』平凡社)と書いている。

私たちは意識して夢を見ることはできない。かつての人々は夢を本人も気づかないうちに魂が現れてくる過程として捉《とら》えていた。『源氏物語』には、うとうとしているときの夢の中で、自分が相手の所に行き、手を下す姿が描かれたりする。身体は土に帰すが、魂は必ずしも滅びないという考え方を反映したものである。

ところが近代になり、合理的な世界が支配するようになると、中世のような夢の位置づけは闇に葬《ほうむ》られ、現実から一段低い位置に置かれるようになった。

## 夢は時空間を歪めるタイムマシン

私たちは調査の中で、学生というある種、無垢《むく》な眼を通して現場の夢をすくい取ってきた。できるだけ私たちが禁欲したことは、精神分析などによる上からの解釈や当てはめを行うことだった。もとより、勉学中の学生たちゆえ、そこまでの能力は持ち合わせていない。

あくまで調査対象者がどのように夢を見て、震災と亡き人をいかに受け止めようとしているのかに焦点を合わせ、徹底したボトムアップ型の調査を目指した。

客観的な死の意味をいくら第三者が諭《さと》したとしても、それは何一つ当事者には響かない。分析するのではなく、夢に寄り添いながら、共感することに主眼を置いた。

というのも、夢は見ようとしても見ることはできない。ふとしたときに亡き人が「見させる」という意味において、死者から送られてくる受動的な「贈り物」として捉えている人が多くいたからだ。

人知を超えるような災害に人間が出くわしたとき、普通の感覚で受け止め、納得することは難しい。あの日、「さよなら」も伝えず、立ち去ってしまった大切な人たちに、遺族は会いたくて、会いたくてしかたがない。その夢を叶《かな》える場所が、自身の見る（見させられる）夢なのである。

遺族は、納得のいく形で、死者との再会と終《つい》の送り火で弔《とむら》いたいと願っている。夢ならば、その希望を叶えることができる。

なぜならば、夢は現実に変更を加えることが可能だからだ。遺族の話に耳を傾けていると、夢は時空間を唯一、歪《ゆが》めることができるタイムマシンなのではないか、と思うことがある。夢は現実にある時空の制約を受けずに自由に闊歩《かっぽ》できる、ほぼ唯一の現象である。

時は、過去から現在、現在から未来に向かって進む。時間の流れは不可逆である。死者は戻ってこない。

ところが、津波を実際に見ていない遺族が、津波の現場を夢に見、死者を助けようと何度も試みようとする。あるいは、肉体は消えてしまったにもかかわらず、夢の中で現実的《リアル》な感覚を伴って触れ合う体験をしている。これは、夢の中では目覚めている間の止まってしまった時間とは異なり、死者とともに進めていくことができる時間が流れていることを意味する。

この世界から肉体が消えてしまった人々は、過去の時制に属することになる。ところが夢に現れる死者は、過去と現在との境を超え、現在の時間を侵犯し続ける存在となっているのだ。

私たちは夢の話にじっくりと耳を傾けることで、遺族が亡き人との邂逅をとても温かい体験として捉え、その体験によって救われているという事実に気づいた。夢は、遺族たちが前を向こうとする魂《いのち》の律動《はたらき》ともいえるだろう。

## 夢と現実の交錯

本書は、一回限りの現象で記録も難しい夢、つまり心の映像を、他者にも理解できる「言葉」の形で残すことで、震災を経験していない人であっても、遺族の体験を共有しやすくなることを目指した。

私たちは、肉眼で見ることができないものは、存在しないものとして認識する。そのため、まぶたをつぶったときに現れるものは、過去の記憶、あるいは想像である。

しかし、震災のような突然亡くなった人との邂逅は、その範疇《はんちゅう》に収まらない。遺族が死者の存在を「気配」として感じとったり、夢で見たりするのは、単に過去の記憶が蘇《よみがえ》っているとは断定しにくい。彼らにとっては、死者が今も「生き続ける」人であり、鮮明な夢の体験が記憶を上書き《アップデート》しているからだ。

私と学生たちは、遺族からうかがってきた話を授業中に何度も話し合い、疑問点をぶつけあった。その際、私も学生たちも発表者に対し、「それは現実の話なのか、夢の話なのか」と度々、問いかけなければならなかった。それだけ遺族が語る夢の話にはリアリティがあった。

三月十一日に起きた大震災は、ニュース映像はもとより、被災の現場に立った人間でも、現実として受け入れることは難しかった。それほどに人間の想像力を遙《はる》かに超えたできごとだった。

東日本大震災は携帯電話やインターネットの普及により、写真や動画が過去の震災とは比べものにならないほど残された。もし、映像の記録がなかったら、被災者たちがいくら言葉を尽くしても、被災地以外の人間が大津波の恐ろしさを共有することは難しかったに違いない。

それほどまで日本中、そして世界の人々が多大な関心を寄せた東日本大震災であったが、七年も経過すると、津波による傷跡も復興という名の大規模工事にかき消され、あったことが無きものにされようとしている。

ところが、遺族の夢の中には、いまだ震災の爪痕《つめあと》が彗星《すいせい》の尾のごとく色濃く残っている。その夢の話を聞くことは、私たちにとっても、震災で受けた衝撃を蘇らせることになり、現実感のあるものとして胸に迫ってくる。

幻想である夢と生きている現実が交錯し、ときに逆転し、実態のない夢のほうにリアリティを感じる現象が起こりうるのである。

## 時間の超越者となる死者の存在

災害が起きた後、共通して叫ばれるのが「復興」の言葉だ。復興が対象とするのは、生者であり、死者は排除される。

近代的な時間の支配において、過去から現在、現在から未来という直線的な流れは絶対的なものとして扱われる。復興の過程で、震災以前の過去に生きていた人（死者）たちは、現在や未来において生きられない人々として認識され、社会から存在を抹消される。つまり、第二の死を迎えさせられてしまう。

子どもを亡くしたある遺族は、事情を知らない塾の業者から「〇〇さんはいますか」と電話がかかってきた。渋々、娘が震災で亡くなっている事情を伝えると、「そうでしたか、でしたら（名簿から）削除しておきます」と言われ一方的に切られた。遺族はこの「削除」の言葉に深く傷ついた。

また、別の遺族は、小学校のホームページから亡くなった息子の画像を通告なく削除された。泣きながら電話をかけ「〇〇は、もう学校にいなかったことにされたんですか」とたずねると、「亡くなった子が写っている画像は削除しろと教育委員会から通達があったので……」という回答を聞いて、ショックで過呼吸を起こしてしまった。のちに校長は謝罪したそうだが、この二つの遺族にとって、子どもが確かに「生きていた」証《あかし》を抹消され、あたかも最初から「いなかった」ように扱われるのは、どれほど胸の詰まる思いだっただろう。

生者は傲慢《ごうまん》だ。心臓の鼓動がこの世から消えたとたん、生きてきた証すらなかったことにするということは、個々の理屈を超えた近代的な時間管理のあり方の問題でもある。そして私たちは、そこに知らず知らずのうちに押し込められているのである。

生き続けられたであろう命が、突然、絶ち切られたことと社会的に抹消されようとする二重の力に対して、夢はどのような働きを持つのだろう。

それは原因と結果からなる因果関係を「逆転」させる力になる。

「逆転」とはどういう意味なのか。たとえば、コップを落とし、その結果、コップが割れる。前者が原因で後者が結果である。この時系列の関係は日常生活では絶対に逆転しない。その意味で震災における「逆転」を考えると、津波が襲来し、その結果、愛すべき人が亡くなる。結果は事象の終着点となる。

ところが夢は、コップが割れてからコップを落とすというような、結果が原因に先立って現れることになる。なぜこのようなことが可能になるのだろう。解き明かすヒントは、夢を見た人の多くが語った言葉が教えてくれる。

彼らは、夢は「見る」のではなく、「見させられている」という受動の立場で感じている。主体は亡き人であり、遺された人々に働きかけてくることで不思議な世界が展開されるのである。

この主体と客体の逆転によって、時間は人に所有されるものではなく、時間が人々を所有する「生き物」となる。

時間を主体として描いた物語に、ルイス・キャロルの『不思議の国のアリス』と『鏡の国のアリス』がある。ルイス・キャロルは、時間と夢をめぐり、意識のある現実とは異なるもう一つの世界を明示した。

ルイス・キャロル研究者である桑原茂夫《くわばらしげお》氏は、『不思議の国のアリス 完全読本』(河出文庫)で、「時計の文字盤を鏡に映すと、針は普通とは逆の方向に動いている」と述べている。時計の針は普通、過去から現在、現在から未来に向かって刻む。それに対して、鏡に映し出された時間の刻みは、逆さに映し出されるので、未来から現在、現在から過去に向かう。つまり、アリスが鏡に（夢として）入り込むことは、時間の流れが逆行した世界を生きることになる。

遺族が見る震災の夢における時間の流れも、津波の結果を十分理解していて、中には津波自体を体験していないにもかかわらず、（その後の結果を知らない）亡き人を救出させようとすることが夢の中で起きる。本書にある予知夢や亡き人が成長していく夢には、過去の記憶というよりも、「未来を記憶する」力が働いている。また、亡き人が現在の時間《とき》を侵犯する形で関与し続ける。つまり、「過去を現在進行形にする」力が働いているといえるだろう。

その結果、「孤立無援」だった遺族に対し、亡き人が「孤立〝夢〟援」の存在として、そっと温かく手を差し伸べてくれる世界が開かれる。いつも励ましてくれる妹の存在、いつも気づかってくれる息子の存在、いつも言葉を交わし合う娘の存在である。

夢という他者が確認できないコミュニケーションの数々は、震災によって切り離されてしまった絆を確かな形を持ってつなぎとめてくれているのである。

夢は過去に起こった事実を自由に「上書き」し、保存することで、肉体と社会という二重の死を打ち消す力を生み出す。それは復興に対する明確なアンチテーゼとなる。

夢を通して亡き人の声をひたすら耳を澄まして聞いてみてほしい。私たちが無意識のうちに見落としている死者の息づかいや、愛する人を亡くした人との間にある密《ひそ》やかなささやき声が聞こえてくるのではないだろうか。

# 学生たちの原稿に見た未来への光

「津波さえなければ……」

仙台市出身の私は、東日本大震災のあと、地元に帰ったとき、この言葉を何人もの人から聞いた。地震だけであれば、もっと被害は少なくて済み、死者一万九五三三人、行方不明者二五八五人、負傷者六二三〇人（平成二十九年三月一日現在・総務省消防庁）もの人々が巻き込まれることも、故郷を失うこともなかっただろう。

私は震災の直接的な被害は受けていない。しかし、ほんの少し、何かが違っていたら、私も本書に協力してくださった語り手の方たちと同じ立場になっていた。宮城県南三陸町で働いていた兄が一時、行方不明になったからだ。三日後に無事がわかったが、助かったのは、津波の恐ろしさを知っている地元の方たちが、すぐに高台へ逃げるよう、教えてくれたおかげだった。

東日本大震災では、一瞬の行動の差が生死を分けた事例が限りなくある。震災後、私はライターとしての仕事だけでなく、個人的にも友人たちに震災時や避難生活の様子を聞いて回った。そして、被災地に縁《ゆかり》のある人であれば、私のように直接の被害はなくても、周囲には辛い別れがあり、誰しもが物語を持っていることを痛感した。

しかし、人間とは、あれほどの恐ろしい体験をしても、時間の経過とともに忘れてしまうものだ。今、被災地は津波に襲われた沿岸部や福島県の原発事故地域をのぞけば、震災がなかったかのような暮らしに戻っている。私が住む東京ではなおさら、震災は遠い過去の扱いだ。私自身も、被災地にいつも思いを寄せていたとは言い難い。

そんなとき、金菱清教授から、本書を出版したいとの相談を受けた。テーマは、「震災と夢」だという。金菱ゼミの学生たちによる原稿を熟読したとき、語り手の方たちの、亡くなった人を慈しみ、懐かしく思う気持ちの強さに胸を打たれた。

そして、おそらく家族以外、もしかすると家族にも教えていない大切な想いをここまで真摯《しんし》に語ってくれたのは、若いからこそ素直に受け取る、学生たちの柔らかい心があったからなのだと思った。語り手の方たちは、彼らに未来を託したのだ。

金菱ゼミの学生たちは、毎年、教授から無謀とも言いたくなるようなテーマを与えられ、苦労しながら課題や卒論を仕上げている。私は、金菱ゼミの初めての編著『3・11 慟哭《どうこく》の記録』から毎年、書籍にまとめられた学生たちのレポートを読んでいるが、歴代のゼミ生に比べても、「被災者遺族に夢の話を聞く」ことは、相当な難題だっただろう。

誰もが体験を語っていた震災直後と違い、今は記憶が薄れていたり、語るのを躊《ちゅう》躇《ちょ》する人は少なくない。それに加えて、亡くなった人の話を聞くことは、生半可な姿勢では太刀打ちできない。プロのライターでも自分の生き方が根本から問われる。

学生たちの原稿や取材時の音声データには、そんな悪戦苦闘ぶりが如実《にょじつ》に表れていた。語り手の方たちの声や亡くなった方たちの無念さを文字という形に残し、多くの人に知ってもらいたい、という熱い想いも伝わってきた。

私は、学生と語り手の想いをつなぎ、読者が深く心を寄り添えるように、構成という黒衣《くろご》役として、本書に関わらせてもらった。東北学院大学の同窓生として、少しでも後輩の役に立てれば、故郷の力になればと、私なりに力を尽くしたつもりだ。

震災から七年を迎えても、津波に襲われた地域に立つと、復興は道半ばなのだと思う。一方で、東京は二〇二〇年のオリンピックに向けて、表面的には活況だが、足元がふわふわと浮わついているような危うさを感じる。

かつて高度経済成長期に、東京は東北を始め、地方の力を集約させることで繁栄してきた。地方で起きる変化には、東京も無縁ではいられない。地方が抱えている問題は、いずれ東京も覆《おお》い尽くすだろう。しかし、復興地の人々が、粘り強く大地を踏みしめ、亡き人をも胸に抱き続けながら見る夢は、争いと不信が影を落とす今の社会にあって、パンドラの箱にたった一つ残ったという小さな〝希望の光〟だ。私たちにとって、本当に大切なものは何なのか。生きるとは、どういうことなのか。それに気づかされる「心のあり方」が本書には息づいている。

角田奈穂子

# あとがき

本書は東日本大震災において、おそらく世界で初めての「夢の記録集」です。夢は映像として再現が不可能であり、再構築されるのは、人の言葉を介してのみです。この特徴から考えれば、夢はフィクションとして位置づけられるかもしれません。

しかし、私たちがご遺族と本書の原稿をまとめるにあたり、ご遺族は、私たちが取り違えた部分に細かく修正を入れ、自身が体験した内容を文章として再現することに全力を注いでくださいました。夢をフィクションと片づけるのであれば、こうした修正の必要はありません。つまり、この夢の記録は、夢で見た事柄を語り手と聞き手の双方が「現実にあったこと」として正確に記す努力をした、まぎれもないノンフィクションなのです。

もう一つ、記しておきたいのは、本書の作成に当たって、掲載および仮名か実名かの可否を語り手にたずねたところ、全員の方からの掲載許可と、ほとんどの方からの実名許可を得ることができました。夢というプライベートな内容を他人に読まれることになっても、亡き人との思い出を載せてほしい、あるいは震災の記録の一つとして遺《のこ》してほしいという強い思いを私たちは受け取ったのです。ただし、そこに至るまでには、悩みながらの決断があったことも付け加えておく必要があるでしょう。ご本人の夢の話だけでなく、亡くなった状況等も聞いているため、ご家族の了承も得る段階で仮名とならざるをえなかったケースもあります。夢の話だからといって、決してそのまますんなりと原稿になったわけではないのです。

語り手の方々には、今回の企画に快くご協力いただいたことと、学生に対して夢や震災、ご家族についての胸の内を開襟《かいきん》してくださったお心の広さに改めて御礼を申し上げます。皆様とのやりとりを通じて、震災から時間を経てもなおお気持ちの揺れ動きの大きいことが伝わってきました。学生にとっては社会に出る準備として、その心構えと命の大切さについての重要な学びの場となりました。また、掲載には至りませんでしたが、取材に協力してくださったすべての方にも御礼を申し上げます。

その他にも数えきれないほど多くの方々からご協力をいただきました。なかでも、学生たちの調査や執筆には、金菱ゼミの卒業生でもある東北学院大学大学院生の庄司貴俊さんと小田島武道さんに、公私にわたり助けていただきました。

東北学院大学の卒業生であり、フリーライターとして活躍する角田奈穂子さんには、震災の特集記事の取材で二〇一二年の春にお会いして以来、ことあるごとに相談に乗っていただき、今回は学生の文章について事細かくご指導ご鞭撻《べんたつ》を頂戴することができました。また、出版事情が厳しい中、朝日新聞出版書籍編集部の海田文さんには、震災について温かい眼差しとこまやかな助言をいただき、出版の道を拓《ひら》いていただきました。

最後に調査を円滑に進めるにあたり、東北学院大学の「学長研究助成金（地域に関わる研究・活動）」を活用させていただいたことを記して感謝申し上げます。

二〇一八年一月　震災からまもなく七年目を迎えようとしている仙台にて

東北学院大学　震災の記録プロジェクト　金菱 清

# 文庫版　追補

正しく強く生きるとは銀河系を自らの中に意識してこれに応じて行くことである

宮沢賢治『農民藝術概論綱要』

東日本大震災から十年が経つ。といってもそれは外在的な指標であって、震災を刻印されたもの、とりわけ愛する人を喪《うしな》った家族にとっては日常生活の一つの通過点にしか過ぎない。その日だけが特別な何かではない。あの日亡くなった人はいまだご家族のもとに戻ってこないままである。

道路や復興住宅などの整備が一部を除いて果たされつつある一方で、かつて住んでいた町は真新しくなり、生きてきた証しすらも消されるなか、ご遺族はその復興の道筋から取り残されている。それはあたかも樹海の中で方位磁石に頼ることもできず、進むべき方向性を見失ったがごとくである。

けれども、ご遺族の夢を読み返してみると、改めてほっと一息つく瞬間がある。私達がまるで日常生活がそっくりそのまま穏やかに続いているように思えてくる。

本書（『私の夢まで、会いに来てくれた』）を読んで、永遠性をなぜかしら感じてしまうのは、それぞれの夢は異なるけれども、そこに明確な意思を感じ取るからではないだろうか。意思といっても個人的に閉じられたものではなく、本人を超えた何かに導かれるような共同意思のような源泉である。

たとえば、残されたご遺族が命を絶ちたいと思うようなときでも、きっと息子さんに「なんで来たんだよ、俺だって明日も明後日も生きたかったのに、なんで勝手に来てるんだよ」（七五ページ）と怒られる気がするという。一生懸命生きて、尊敬する息子に認めてもらえるように「お母さん、もうちょっと頑張るよ」って、最期まで恥ずかしくない生き方を貫く意思をそこに示している。

夢のもつメッセージ性は、彼女たちの日常性に共同作業としての力を与えているようだ。私たちがここに微かな光明を感じることができるとすれば、閉塞感や孤立感へと押し込められる現代社会での生きるヒントにもなるかもしれない。

冒頭あげた『農民藝術概論綱要』を書いた童話作家の宮沢賢治は、明治三陸地震津波の年（明治29年）に生まれ、昭和三陸地震津波の年（昭和8年）に亡くなった。37年の短い人生のなかには、妹トシの死が織り込まれていた。

代表作の一つ『銀河鉄道の夜』は、夢の中での出来事が物語の中心をなしている。亡くなった人を夢で見ることを銀河系に置き換えるならば、銀河のもつ永遠性は、生前・夢・死後に繋げる世界観が生者に生きるべき正しい道として示される座標軸（銀河の星）となる。

不確実性が以前にも増した今において、方向性を見失ってしまったご遺族が抱いた夢を通して、「十年」という区切りのフィルター越しに、人間のもつ時間と空間を超えた奥深い世界が拡がっていることを、肌で感じとっていただければと思う。

二〇二一年一月一日　コロナがまだ終息をみない仙台にて

金菱　清

# 解説

島薗　進

## 東日本大震災と寄り添い・傾聴

二〇一一年三月十一日の東日本大震災では、多くの尊いいのちが失われ、遺族や親しかった人々が深い悲嘆に暮れる日々が続いた。当初は瓦礫の除去や炊き出しや物資供給が主体だった支援活動も、次第に寄り添いや傾聴に力点が置かれるようになった。

私は宗教者や宗教研究者の知人・同僚とともに、四月一日に東京で宗教者災害支援連絡会を立ち上げ、現地での支援活動に携わる宗教者の方々の話をうかがい、支援活動の連携と充実を図る集いを続けていた。ある時期からは、被災地の人々の近くに赴き、交流しつつ傾聴する活動についてうかがうことが多くなった。私自身も二〇一一年の秋から一四年にかけて何度か被災地に向かい、若手の僧侶や他の宗教者の方々と仮設住宅に赴き、集会場で被災者のお話をうかがったことがある。

一九九五年一月の阪神淡路大震災でも「心のケア」の意義が説かれた。孤立する被災者への支援の重要性も注目されるようになった。学生でもできる「足湯」のボランティア活動も阪神淡路大震災のときから始まった。被災者の足を容器にくんだお湯につけてもらい、手足をもむなどしてリラックスしていただく。そうするとポツポツとお話を聞く場が生じ、学生が学び、被災者の心を開く機会にもなる。プロのカウンセリングやセラピーではなく、真摯な支援の気持ちがあれば誰もが取り組める寄り添いの活動だった。

宗教者の取り組む傾聴活動はもっと深いレベルの慰めをもたらすもので、東日本大震災では特定宗教によらない立場からのグリーフケアを目指す活動も行われるようになった。お坊さんのカフェを意味する「カフェ・デ・モンク」はその一例だが、反響が大きかった。しかし、そのような試みも、悲嘆を胸にもつ人々の心を開くところまで深まることは容易なことではない。

他方、犠牲者を追悼し、遺された人々と悲嘆をともにしようとする催しも重ねられてきた。津波によって多くのいのちが失われた地域に建てられた碑や、設けられた祈りの場は少なくない。追悼の意味を込めた音楽や芸術表現も多数創作され演じられ、人々の心を慰める働きをしてきた。失われた尊いいのちを忘れずに、今も悲嘆のただ中にいる人々と思いをともにしようとする活動を通して、悲嘆から新たな力が生まれるようにも感じられる。

## 「震災の記録プロジェクト」からの道のり

大学のゼミの学習研究活動の中から、東日本大震災の慰霊・追悼と悲嘆の表出・分かち合いの深化・拡充に取り組み、目覚ましい成果が現れることになった。それが本書『私の夢まで、会いに来てくれた』だ。これを読んだ多くの人々は、そこに記録された被災者たちの夢の語りに引き込まれ、あたかも祈りの場に立ち会っているかのように、心を動かされ、追悼の念と悲嘆への共鳴を呼び覚ますことになるだろう。

四章「夢を思考する」の「孤立〝夢〟援――なぜ震災後、亡き人と夢で邂逅するのか」に書かれているとおり、金菱清氏は震災の直後から学生とともに「震災の記録プロジェクト」に取り組んできたが、人々の生活現場からの発信を重んじるアプローチをとってきた。それは、被災者にとっても、学生にとっても、そして研究者や多くの市民にとっても、心に届く新たな力をもった方法と感じられ、その成果が次々と世に問われていった。

その持続と蓄積のたまものでもあるが、二〇一七年には「夢」を手がかりとしてなお悲嘆を胸にもつ人たちの話を聞き、記録する企てが行われた。こうして「夢」を媒介として多くの悲嘆が語られ、そして夢がもたらした癒しや慰め、また新たな目覚めの体験が語られることになった。死者は生きている。夢を通して、死者は思いがけない恵みや導きをもたらしてくれる。そして、それは多くの場合、辛い別れと孤独な悲嘆のなかにあった人々ならではの痛切さをもって語られている。

死別によって遺された人々によって、苦難を超えて、あるいは苦難とともに生きていくあり方が語られていてほっとし、かつ鼓舞されるように感じる人は多いだろう。それは、死者が生者とともに生きる世界のあり方を指し示してくれているからだろう。そこには喪失による悲嘆を超えて生きていくために、心が行う「喪の仕事」がわかりやすく語られてもいる。心を癒やす物語、とりわけ童話や絵本がそうであるように、誰でもが入っていける心の再生の世界がそこにある。

「夢」と「生きている死者」

本書が如実に示しているのは、現代日本では心の痛みを負うふつうの人々にとって、「夢」と「生きている死者」が深い心の痛みを慰め癒やしてくれるような経験領域があるということだ。これは人類社会にかつても多々あったことかもしれない。だが、「現代」の「日本」だからこそとくに際立つのかもしれない。

本書には日本の民俗宗教などの文化のなかに見られる現象とあい通じるものがときどき現れている。死者に向かって祈る、死者に何かを捧げる、死者の訪れを迎える、死者と語り合う、といった儀礼や習俗や実践は日本の過去には広く見られ、現代でも珍しいことではない。本書にもそのような場面が多々現れている。

このような儀礼や習俗や実践が、死者の言葉を聞く、死者のメッセージを受け止めるという形にまで展開することは伝統文化にもしばしば見られるものだった。東北のイタコやカミサマ、沖縄のユタ、各地の稲荷信仰などでシャーマニズムとして捉えられることもある。本書の語りのなかにはそうした霊能者もときどき登場している。

だが、本書の夢に現れる死者との交わりは、特別の霊能をもつ人を通して行われる「死者（霊）との交わり」ではなく、ふつうの人がふつうに見る夢のなかで行われるものだ。では、こうした経験はかつてはなかったのか。たぶんそんなことはない。だが、かつてはそれを見知らぬ他者に向かって語るというようなことはほとんどなかっただろう。

ところが、二十一世紀に入った日本では、それが珍しいことではなくなった。見知らぬ他者同士が、夢で死者と交流する個人とその語りに引き寄せられる個人として、語り、耳を傾ける関係に入る。そしてそれが相互にとって、慰めになったり学びになったりする、そのような時代になったのだ。これは各地でグリーフケアの集いが開かれるようになった時代相と相通じている（拙著『ともに悲嘆を生きる』朝日新聞出版、参照）。ここではそれが、夢に死者が如実に現出する経験という焦点をもって集めることによって、新たなスピリチュアリティの祭典のような様相を呈している。

「孤立〝夢〟援」の経験を分かち合う

そのことから見えてくるのは、孤独のうちに死者とやりとりする経験をもつ人が多いということでもある。四章の金菱清氏の総括文が「孤立〝夢〟援」と題されているのは、ゼミ生の片岡大也君の表現によるとのことだが（二二一ページ）、言い得て妙である。インタビューの機会を得て、多くの方々が応じてくれた。その方々にとっても死者の夢について、課題を託された学生らに語ることはいやなことではなかった。

一章の「俺がこの世にいないなんて冗談だよ」の語り手、青木恭子さんも、三章の「最愛の妻と娘は魂の姿に」の語り手、亀井繁さんも、死者の夢をノートに書き留めるようになっていた。息子の謙治さんを喪《うしな》った青木恭子さんも、妻と娘を喪った亀井繁さんも夢から不思議と言えるようなインスピレーションを受けて、深い慰めを得ていたことが記されている。ノートを書き始めるきっかけについての青木さんの語りを、聞き手の林真希さんは次のようにまとめている。

謙治さんを失ってから、多くの人が恭子さんを慰めてくれたが、どの言葉にも癒やされることはなかった。しかし、夢の中で自分がこの世にいないことは冗談と語る謙治さんの言葉は違った。一番、聞きたかった言葉だった。誰の言葉より心に響いた。／そうだよね、あんたがいないなんて、ありえないよね。（七一〜七二ページ）

青木さんや亀井さんの語りからは、孤独な魂に訪れる宗教的な覚醒の体験があったように感じられる。亀井さんもそうした覚醒を重ねてきて、死者との絆を深めていったことが語られている。

夢なんて誰でも見るでしょ、とか、脳が見せているだけと言う人もいるけれど、私にとっては単なる夢ではないんです。夢の二人は、魂の姿。だから、夢を見ることは、私にとって生きる力。これからも、宏美と陽愛《ひなり》も一緒に、家族として生き続けることなんです。（二一八ページ）

そして、青木さんも亀井さんも、そのことを他者と分かち合うことにだんだん前向きになってきたようだ。青木さんや亀井さんが、金菱ゼミの学生らの求めに応じて語り出したのは、そのような気運が熟して来ていたからでもあっただろう。悲嘆の孤独から夢を通して死者との共同性を取り戻し、それが他者との交わりの再生にもつながっていた。

もちろんこうした語りが望めばすぐに集められるというものではない。そこには、金菱氏の研究方法の練り上げと金菱ゼミの蓄積、そして東北学院大学のネットワークが大いに寄与していた。こうして、現代の日本人にとって、苦難の経験を超えて「死者とともに生きる」あり方の重要性が、また、「夢を通して自己を超えた次元にふれる」経験の重要性が明らかにされたと言えるだろう。

東日本大震災のもたらした苦難と悲しみの記憶を伝え、そこから大切な事柄を学び取り、よりよき未来に向けて生きていく糧とする試みは、今後も続けられていくことだろう。二〇一七年に聞き取られ、翌年に刊行された『私の夢まで、会いに来てくれた』は、そのような試みが多くの人々の心を打ち、悲しみが生きる力の源となるものであることを証する貴重な作品である。

（しまぞの　すすむ／宗教学者）

私《わたし》の夢《ゆめ》まで、会《あ》いに来《き》てくれた　朝日文庫
3・11 亡《な》き人《ひと》とのそれから

2021年2月28日　第1刷発行

編　　者　東北学院大学《とうほくがくいんだいがく》 震災《しんさい》の記録《きろく》プロジェクト
　　　　　金菱《かねびし》 清《きよし》(ゼミナール)
発 行 者　三 宮 博 信
発 行 所　朝日新聞出版
　　　　　〒104-8011　東京都中央区築地5-3-2
　　　　　電話　03-5541-8832(編集)
　　　　　　　　03-5540-7793(販売)
印刷製本　大日本印刷株式会社




Published in Japan by Asahi Shimbun Publications Inc.
定価はカバーに表示してあります

ISBN978-4-02-262047-7

落丁・乱丁の場合は弊社業務部(電話 03-5540-7800)へご連絡ください。

送料弊社負担にてお取り替えいたします。

浅田　次郎
**椿山課長の七日間**
突然死した椿山和昭は家族に別れを告げるため、美女の肉体を借りて七日間だけ〝現世〟に舞い戻った！　涙と笑いの感動巨編。《解説・北上次郎》

伊坂　幸太郎
**ガソリン生活**
望月兄弟の前に現れた女優と強面の芸能記者⁉次々に謎が降りかかる、仲良し一家の冒険譚！愛すべき長編ミステリー。《解説・津村記久子》

今村　夏子
**星の子**
病弱だったちひろを救いたい一心で、両親は「あやしい宗教」にのめり込み、少しずつ家族のかたちを歪めていく…。芥川賞作家のもうひとつの代表作。

宇江佐　真理
**うめ婆《ばあ》行状記**
北町奉行同心の夫を亡くしたうめ。念願の独り暮らしを始めるが、隠し子騒動に巻き込まれてひと肌脱ぐことにするが。《解説・諸田玲子、末國善己》

江國　香織
**いつか記憶からこぼれおちるとしても**
私たちは、いつまでも「あのころ」のままだ――。少女と大人のあわいで揺れる一七歳の孤独と幸福を鮮やかに描く。《解説・石井睦美》

恩田　陸
**錆びた太陽**
立入制限区域を巡回する人型ロボットたちの前に国税庁から派遣されたという謎の女が現れた！その目的とは？《解説・宮内悠介》

小川　洋子
**ことり**
《芸術選奨文部科学大臣賞受賞作》
人間の言葉は話せないが小鳥のさえずりを理解する兄と、兄の言葉を唯一わかる弟。慎み深い兄弟の一生を描く、著者の会心作。《解説・小野正嗣》

角田　光代
**坂の途中の家**
娘を殺した母親は、私かもしれない。社会を震撼させた乳幼児の虐待死事件と〈家族〉であることの光と闇に迫る心理サスペンス。《解説・河合香織》

重松　清
**ニワトリは一度だけ飛べる**
左遷部署に異動となった酒井のもとに「ニワトリは一度だけ飛べる」という題名の謎のメールが届くようになり……。名手が贈る珠玉の長編小説。

小説トリッパー編集部編
**20の短編小説**
人気作家二〇人が「二〇」をテーマに短編を競作。現代小説の最前線にいる作家たちのエッセンスが一冊で味わえる、最強のアンソロジー。

西　加奈子
**ふくわらい**
《河合隼雄物語賞受賞作》
不器用にしか生きられない編集者の鳴木戸定は、自分を包み込む愛すべき世界に気づいていく。第一回河合隼雄物語賞受賞作。《解説・上橋菜穂子》

村田　沙耶香
**しろいろの街の、その骨の体温の**
《三島由紀夫賞受賞作》
クラスでは目立たない存在の、小学四年と中学二年の結佳を通して、女の子が少女へと変化する時間を丹念に描く、静かな衝撃作。《解説・西加奈子》

湊　かなえ
**物語のおわり**
悩みを抱えた者たちが北海道へひとり旅をする。道中に手渡されたのは結末の書かれていない小説だった。本当の結末とは――。《解説・藤村忠寿》

内田　洋子
**イタリア発イタリア着**
留学先ナポリ、通信社の仕事を始めたミラノ、船上の暮らしまで、町と街、今と昔を行き来して綴る。静謐で端正な紀行随筆集。《解説・宮田珠己》

上野　千鶴子
**おひとりさまの最期**
在宅ひとり死は可能か。取材を始めて二〇年、著者が医療・看護・介護の現場を当事者目線で歩き続けた成果を大公開。《解説・山中　修》

ドナルド・キーン著／金関　寿夫訳
**このひとすじにつながりて**
私の日本研究の道
京での生活に雅を感じ、三島由紀夫ら文豪と交流した若き日の記憶。米軍通訳士官から日本研究者に至るまでの自叙伝決定版。《解説・キーン誠己》

佐野　洋子
**役にたたない日々**
料理、麻雀、韓流ドラマ。老い、病、余命告知――。淡々かつ豪快な日々を綴った超痛快エッセイ。人生を巡る名言づくし！《解説・酒井順子》

深代　惇郎
**深代惇郎の天声人語**
七〇年代に朝日新聞一面のコラム「天声人語」を担当、読む者を魅了しながら急逝した名記者の天声人語ベスト版が新装で復活。《解説・辰濃和男》